暗夜鬼譚

綺《き》羅《ら》星《ぼし》群《ぐん》舞《ぶ》

瀬川貴次

集英社文庫

目次

CONTENTS

ANYAKITA

馬《め》頭《ず》鬼《き》あおえが語る

登場人物

夏樹【なつき】

帝のおそば近くに仕える蔵人《くろうど》っていう職務に就いていて、真面目で優しい善いひとです。あの日本三大怨霊のひとり、菅原《すがわらの》道真《みちざね》公の血をひいていて、ゆかりの太刀で物の怪たちをバッタバッタと切り倒しちゃいます！　ちょっと不幸体質っていうか、ひどい目に遭いがちなところもあるので、わたしが冥府に戻れるその日まで、そばで優しく見守ってあげられればって思ってたりもしまーす。

一条【いちじょう】

陰陽師《おんみょうじ》の修行をしている陰陽《おんみょう》生《しょう》で、夏樹さんのお隣に住んでいます。男装の美少女かと疑われるほど容姿端麗なんですけどぉ、中身はけっこうズボラで乱暴で、お友達も夏樹さんしかいないんですよ。わたしには何かときつく当たるんですけどぉ、それもほら、ヘタすぎる愛情表現のひとつなんじゃないかなって思わなくもなかったりして……うふふっ。

深雪【みゆき】

夏樹さんのいとこで、伊勢という名で弘徽殿《こきでん》の女御《にょうご》さまの女房をつとめています。一条さんに負けないくらいの猫かぶりで、宮中では才気あふれる若女房、夏樹さんには意地悪ばかり、でも本当は夏樹さんが大好きっていう、ややこしいことになっています。わたしは応援してますけどぉ、夏樹さんの鈍さも筋金入りですからね。いっそ、一条さんの師匠の賀茂《かも》の権博士《ごんのはかせ》に乗り換えちゃいませんかと推奨中です。

あおえ

青い瞳も愛くるしい馬の頭に、たくましい人間の身体を備えた麗しの馬頭鬼《めずき》。冥府では獄卒として働いていましたが、些細なことで追放され、一条さんの邸《やしき》の居候となりました。きっと、薔薇のごとく華やかに激しく生きるさだめなのでしょうね……。

しろき

いっしょに地獄の獄卒をやって、亡者たちをバンバン懲らしめていた同僚の牛頭鬼《ごずき》です。冥府から追放されたわたしのことを本当はとっても心配しているくせに、閻羅王《えんらおう》さまの手前、それを素直に出せないんですよね。わかるよ、しろき。ありがとう、しろき！

それにしても、どうしてわたしのまわりは、こんなツンデレさんばっかしなんでしょうねえ。

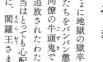

暗夜鬼譚

ANYAKITAN

綺羅星群舞《きらぼしぐんぶ》

月夜見姫《つくよみひめ》

濃紺の夜空に細い月がかかっていた。

これから満ちていこうとしている、まだ三分の一にもならない月である。その光は弱々しく、松明《たいまつ》をかざしていなければ、足もともおぼつかない。が、だからこそ、どこかの家の庭に咲く梔子《くちなし》の花の香がより強く薫る。

ひと通りも絶えた、花の香漂う暗い都大路《みやこおおじ》を、牛車《ぎっしゃ》はゆるゆると進んでいた。

こしらえは簡素、お付きの者もほんの少数。だが、従者たちはもちろん牛飼い童《わらわ》までもがそれなりに整った容貌で、装いも悪くない。立ち居振る舞いも上品で、よくしつけられていることがうかがえる。騎馬で牛車に付き従っている若者などは特に凛々《りり》しく、申し分ない。彼らの仕える主人がかなりの高位にあることは明らかだった。

時代は平安。この地が都と定められてもう百五十年あまりの時が流れている。その間に大陸の文化を母体にして、華やかな王朝文化が花開いてきた。

その一方で、貴族たちの間ではあいもかわらず権謀術数がめぐらされ、いつ足もとをすくわれるかわからない、食うか食われるかの状況が続いている。牛車の中に座す青年も、そんな現世の憂さをいっときの恋に溺れて忘れようという当代風の貴公子だった。

(問題は――)

牛車の横で馬に揺られつつ、大江夏樹《おおえのなつき》はひっそりとため息をついた。

（このかたはただの貴族にあらず、雲上人《うんじょうびと》のもっと上、頂点に立つ至上の存在。畏《おそ》れおおくも、ときの帝《みかど》であらせられることだよなぁ……）

もちろん、今上帝《きんじょうてい》が宮中を抜け出し、この程度の護衛しかつけずに夜の街を徘徊《はいかい》するなど言語道断、あってはならない出来事だ。なのに、この帝はやってしまう。臣下の迷惑を顧みず、瞳をきらきらと輝かせ、どことも知れぬ遥《はる》か彼方《かなた》をみつめて宣《のたま》うのだ。

「ああ、この世のどこかにわたしを待ってる姫がいる。今宵《こよい》こそ、今宵こそ、運命の相手とめぐり逢《あ》えそうな予感がするのだ！」

側近の頭《とう》の中将がしっかり手綱を握っているため、そういう戯言《ざれごと》がいつもいつも通るわけではない。だが、何回かに一度は、

「最近、主上《おかみ》もお疲れのご様子でいらっしゃることだし――」

と、さしもの頭の中将も根負けして許してしまうこともある。今回がまさにそうだった。御所を退出しようとしていた夏樹に、帝の護衛兼監視役の白羽の矢が立ったのだ。

夏樹とて、こんな気の張るお勤めは御免蒙《こうむ》りたかった。万が一、帝の身に何事かあれば、死をもってしても到底贖《あがな》えない。わが身のみならず、一族郎党にまで影響が及ぶこと必定である。

なのに、そんな危機意識のかけらもなく、当の帝は牛車の物見の窓から顔を出して、

しきりに夏樹に話しかけてくる。

「三条界隈《さんじょうかいわい》に美しい姫君がいると耳にしたのだが、新蔵人《しんくろうど》は知っているか？」

いまから期待いっぱい、子供のように天真爛漫《てんしんらんまん》、とても嬉《うれ》しそうな表情だ。が、夏樹のほうは調子よく答えられる気分ではない。

「わたくしの耳にはそういう話はまったく……」

意地悪でも嘘《うそ》でもない。色恋沙汰にとんと疎い彼に噂《うわさ》のほうもさけていくのか、興味がないから耳にしても頭に残らないのか、帝が喜びそうな巷《ちまた》の美人の話題など、これっぽっちも知りはしないのだ。

帝は不満そうに唇を尖《とが》らせた。

「つまらぬのう。だが、わたしは確かに聞いたぞ。宮家の血をひいていながら、両親に早くに死なれてしまい、琴だけを心の友としてわびしい暮らしを送っている美貌の姫が三条に隠れ住んでいると」

「はあ」

頭の中将なら、あるいは口の悪い友人の某陰陽生《おんみょうしょう》なら「ただの噂です」と一言のもとに斬り捨てるだろうが、夏樹には曖昧な返事しかできない。それでは却《かえ》って帝のためにはならないかもと思い直し、

「ですが、仮にそういう姫君がいらっしゃったとしても、美人かどうかまでは――あく

まで噂ですし」

とささやかな苦言を呈してみた。それをおとなしく受け容《い》れるような帝でもない。

「美人に決まっている」

根拠もまったくないのに力強く断言する。美女なら後宮《こうきゅう》に山ほどそろっているものを、それでもまだ足りぬらしい。

「ですが、噂通りの美貌ならまわりがほうっておきませんでしょう。すでにもう、姫君のもとには通われているお相手がいらっしゃるのでは……」

「いやいやいや、ないないない」

帝は笑って否定した。

「宮家の血をひいている姫が、そんじょそこらのつまらない男を気安く通わせはすまい。慎《つつ》ましやかで奥ゆかしい人柄が、琴の音《ね》を愛するという点からもうかがえるではないか。まあ、新蔵人のように恋に疎い者にはピンとはこぬ話だろうがな」

「はあ。ですが、そのように奥ゆかしい姫では、恋文ひとつ受け取ってもらえぬやもしれませんね」

いくら相手が帝とはいえ、少々むっとしたので夏樹も控えめに反論してみた。それでも、帝はめげない。

「あせってはいけないよ。今宵は姫の姿を秘《ひそ》かに垣間見《かいまみ》るだけでよいのだ。そうとも、恋は駆け引きが醍醐味《だいごみ》！」

「主上、あまりお声を大きくなさらないほうが……」

「新蔵人こそ、わたしを主上と呼ぶでない。ここにいるのは愛に飢えた哀《かな》しき流浪《さまよ》いびと。それ以上でもそれ以下でもない……」

情感をたっぷりとこめた憂い顔を伏せ、帝は扇で口もとを覆った。冗談ではなく、本気で自分をそのように見做《みな》しているのだ。

夏樹は反論する気力もなくし、無言でほてほてと馬を歩かせた。心の奥底では、

（三条の姫君がすっごく個性的な顔だちでありますように）

と呪いにも似た望みをかけながら。


ひと目を忍んで夜の道を進んでいるのは、何も帝の御一行だけではない。三条近くの打ち捨てられた寺院、その石段をたったひとりで踏みしめていく女人《によにん》の姿があった。

市女笠《いちめがさ》の縁から虫の垂衣《たれぎぬ》という薄い布が下がっているため、顔はよくわからない。身にまとっている山吹色の袿《うちぎ》はそれほどの高級品でもないが悪い品でもない。どこかの中流貴族の妻か娘、といったところか。

それにしても、供のひとりもつけずに貴族の女が夜出歩くとは尋常ではない。さらに

言うなら、女の身の丈も尋常ではない。市女笠をかぶっているために実際より大きく見えるのかもしれないが、それでも六尺（約一・八メートル）以上の身の丈は確実にある。もっと言うなら、その肩幅。重ね着した袿に覆われていても隠し通せないたくましい筋肉。薄い虫の垂衣越しにうっすらと見える長い顔も、やはり尋常ではない――

それも当然。女装はしていても女ではない。人間ですらない。

そこにいたのは、ひとの身体《からだ》に馬の頭を持った馬頭鬼《めずき》だった。

本来なら罪を犯した死者を冥府で責めさいなむのが馬頭鬼の務めのはず。しかし、彼――あおえはその冥府を追放された身だった。こうしてひと目をさけ、夜の寺院に赴いたのもそのことが大きく関係していた。

あおえが向かったのは本堂ではなく、寺の一角に設けられた小さな閻魔堂《えんまどう》だった。冥府の大御所、閻魔――別名、閻羅王《えんらおう》をまつった御堂《みどう》である。

さほど手厚く信仰されているようには見えない。御堂のまわりはいちおう掃き清められているものの、扉は斜めに傾《かし》ぎ、壁板には亀裂が入っている。建て直すほどの寄進が集まっていないのだろう、このままだと強い風が吹いたら飛んでいってしまいそうだ。

しかし、あおえは気にせず、その小さな御堂の前で、かしわ手の音を高く響かせた。

「えーっと、どうか、どうか、一刻も早く閻羅王さまからのお許しが出て、無事に冥府に戻れますように。こっちのほうでもあおえは元気でやっていますけど、やっぱりですねえ、居候の立場って何かと弱いんですよ。今日なんか、一条《いちじょう》さんったら、お仕事に遅れていったのをわたしのせいにするんですよお。わたしがちゃんと起こさなかったのが悪いんですって。んなこと言ったって、二度寝したのは一条さんなのに」

とあるしくじりから冥府を追放されたあおえは、陰陽師《おんみようじ》のたまごである陰陽生・一条のもとで居候生活を送っていたのである。

あおえの愚痴は続く。夕餉《ゆうげ》の献立がありきたりだと文句をつけられたとか、掃除の仕方が雑だと言われたとか、休みの日も構ってくれずに寝てばかりいるとか。

言いたい放題吐き尽くしてホッとしたのか、あおえは再度かしわ手を打って深々と頭を下げた。

「何とぞ、何とぞ、あおえをよろしくお願いしますねぇぇぇ」

こんな情けない訴えを長々と聞かされては閻羅王も愛想をつかし、こいつをこのままほったらかしておこうと思うのではあるまいか。逆効果になったかもとは露ほども考えず、あおえは閻魔堂に背を向けて石段をしゃなりしゃなりと下り始めた。

哀しいかな、最初は顔を隠すために始めた変装だったのに、もうすっかり女装が板についている。仕草は合格だ。あとは身長が、肩幅が、胸板がもう少し標準値に近く着痩せでもしていれば、本物の女性《によしよう》に見えなくもなかったかも——いやいや、何事にも限度というものはあろう。当人もそれを自覚して、昼間ではなく夜を選んで行動していた。

石段を下りきってしまうまであと四、五段。そこであおえはふと足を止めた。市女笠の下で耳がぴくぴくと動く。通常の人間ならば聞き取ることのできない微《かす》かな音を、馬頭鬼の耳が感知したのだ。

それは悲鳴と罵声、もめごとの気配だった。馬だけに、あおえの青い瞳が野次馬根性に輝き始める。

正直、少しは怖くもあった。だが、それ以上にむずむずする気持ちを抑えられない。いったい、何が起こっているのか、知りたい知りたい知りたくてたまらないのだ。

あとも先も考えず、あおえはその衝動に身をゆだねた。

「すわっ！」

かけ声とともに女装の馬頭鬼は裾をからげ、残りの石段を一気に飛ばして走り出す。

京の闇を疾走する貴族風の大女。その速さたるや、矢が一気に弓から放たれるがごとし。虫の垂衣は蜻蛉《かげろう》の翅《はね》のように後方にたなびく。顔はしっかりと袖で覆い隠しているため、その姿はある種、幻想的でさえあった。乱れる裾からこぼれるふくらはぎが、もっと華奢《きやしや》ならよかったのだが、それは言うまい。

悲鳴はもう聞こえなかったが、複数の罵声は続いていた。角を曲がると、五、六人の男たちがひとりの青年貴族を取り囲んでいるさまがあおえの視界に入った。

長太刀《ながたち》をひっさげ、侍烏帽子《さむらいえぼし》をかぶった男たちは、とてもまっとうな連中とは思えない。それにひきかえ、直衣《のうし》姿の青年はいかにもお育ちがよさそうだ。

男たちはすっかり無抵抗になった彼をなおも殴りつけ、着ているものを引き剝がそうとしている。これはどう贔屓目《ひいきめ》に見ても、仲間内でじゃれ合っているようにはとれない。供の者とはぐれた公達《きんだち》が、運悪く追い剝ぎにあっている現場だ。

天子のお膝もとたる都でも、連日どこかで夜盗《やとう》が暴れまわり、女子供が拐《かどわ》かされ、ひと死にも多数出ている。こんなご時勢に、たいした護衛もつけずに夜歩きするほうが悪い。

そう結論づけて、ここは見て見ぬふりをするのが普通なのだろう。しかし、あおえはそうしなかった。できなかった。

「義を見てせざるは勇なきなり。見ていてください、閻羅王さま！」

鼻孔を膨らませて大きく息を吐くや、あおえは市女笠をかなぐり捨てた。

「うらうらうらあぁぁぁ」

突然の猛々《たけだけ》しい咆哮《ほうこう》に、追い剝ぎたちはぎょっとして振り返った。

彼らの凶悪なご面相が、一様に驚愕《きょうがく》と恐怖に歪《ゆが》む。無理もない。女物の装束をまとった馬づらの鬼が、ふくらはぎも露《あら》わにこちらへ爆走してくるのだから。

悪夢の光景に、追い剝ぎたちは固まって動けない。あおえはこれ幸いと、いちばん近くにいた男の胸倉をひっつかみ、片手でぶんぶんと振り廻《まわ》し、投げ飛ばした。

「わぁぁ！」

哀れな追い剝ぎは土塀にぶちあたって地に落ちる。仲間たちは突然乱入してきた鬼の怪力ぶりに戦慄し、「ひい」だの「わあ」だのと情けない声をあげた。

それでも、首領格とおぼしき男が口角から泡を飛ばして怒鳴る。

「この、化け物め！」

長太刀を大上段に振りかぶり、男は気合を入れて走りこんでくる。あおえはでかい図《ず》体《たい》に似合わず身軽にそれをかわし、男の衿首《えりくび》をつかんで、また宙に放り投げた。

地に激突した男は太刀を杖《つえ》代わりに立ちあがろうとするも、脚に力が入らない。もはや戦意も喪失したらしい。

他の者たちはとっくの昔に、一目散に逃げ出している。負傷した首領格も遅ればせながら、ふらふらとよろめきつつ仲間のあとを追いかけていく。

「あら……」

ひさしぶりに大暴れができると勢いこんで駆け出したのに中途半端に終わってしまい、あおえは残念そうに追い剝ぎたちの後ろ姿を見送った。追ってもよかったのだが、襲われていた側の青年貴族が気になってできなかったのだ。

彼は地べたに倒れこみ、ぴくりとも動かない。殴られ——或《あ》いはあおえの姿を見て？

——気を失ったらしい。

「もしもぉし、大丈夫ですか？」

揺り起こそうかと肩に置いた手を、あおえはすぐにひっこめた。その判断は正しかった。起こしたところで、馬頭鬼の馬づらを見た途端、また気を失うに決まっているのだから。

「きっと、もう大丈夫ですよね。じゃあ、わたしはこれで……」

立ち去りかけ、それでもまだ気になり、足を止めて振り返る。あおえはそっと近寄り、足先で公達の脇腹をつんつんとつついてみた。

「ん……」

公達は小さなうめき声をあげた。この分なら、ほどなく自然に目を醒《さ》ますだろう。それでも、あおえは不安だった。

「やっぱり、このままにはしておけませんよねえ。あの追い剝ぎたちが戻ってこないとも限らないし、最近じゃ、死体の服どころか髪の毛まで抜き取って売りさばくような連中もいるって言いますし。もっと牛車なんかがよく通るような大通りに運んでおきましょうか。うん、そうしましょう、そうしましょう。情けは他人《ひと》のためならずってね」

ひとりでしゃべって、ひとりで納得し、あおえは何度もうなずいてから、夜空を仰いでまた独り言を言う。

「閻羅王さま、このようにあおえは地道に善行を積んでおります。そこのところ、どうぞお忘れなく」

ちゃっかりと自分を売りこみ、あおえは捨てた市女笠を拾ってきてかぶり直した。そしておもむろに、気を失った公達を背中にしょいこむ。たくましい馬頭鬼の身には、まったく負担にならない。あおえはちょっとした寄り道気分で大通りへと向かった。

が、いくらも行かぬうちに、背中の公達が身じろぎをし始めた。運ばれる振動が、彼の眠りを醒ましたらしい。

「あ……」

「お気がつかれましたか？」

野太い声を精いっぱい優しく変換させて、あおえは前を向いたまま公達に話しかけた。顔を見せてはいけないと彼なりに配慮してのこと。わざわざ笠を拾いに行ったのもそのためだった。

「ここは……。わたしはいったい……」

「おそろしげな男どもに襲われて、気を失っていらしたのですよ」

「そうか……。うん、そうだった」

公達はうめきつつ、独り言をつぶやいた。

「供の者とうっかりはぐれてしまい、ひとり夜道をさまよっているうちに怪しい者どもに囲まれて……。もちろん、成敗してやろうとしたのだが、あやつらはいきなりわたしを殴りつけたのだ。不覚にも朦朧《もうろう》となっていたところに、急に大きな声がして……」

おほほと、あおえは口をすぼめて笑った。完全に女になりきっている。

「恥ずかしながら、あれはわたくしの声なんですの。あれだけ大きい声で怒鳴れば、輩《やから》どもも驚くかと思いまして」

「では、あの者どもをちぎっては投げ、ちぎっては投げしていたのもそなただと？」

殴られ、朦朧とした意識の中で、そのあたりはうっすらと知覚していたらしい。

あおえは公達を背負ったまま、女っぽく身をよじった。

「ほんにお恥ずかしゅうございます。必死でありましたがゆえに、思わぬ力が出たようでございます」

「おお……。かよわき女の身で、しかも初めて逢ったわたしのために、そこまで……」

公達はあおえの容姿をはっきりと目撃したわけではなかったらしい。自分より広い背中におぶさりながら装束と作り声に惑わされ、相手を女と信じて疑っていない様子だった。

「世間は広いものよ。そなたのような女人が都にいようとは……」

しきりに感心している。よほどひとがいいのか、筋金入りの世間知らずか。もちろん、あおえも彼の勘違いを訂正するつもりはさらさらない。

「このまま大通りまでお連れいたしますわ。お供のかたがたもあなたさまを探していらっしゃることでしょうし、すぐにみつけてくださいましょうから、ご安心なさってください ませ」

「力が強いばかりでなく、気も優しいとは……。本当にそなたは不思議なかただ。いままで、わたしのそばにこんな女人はいなかった……」

感慨深げにつぶやき、公達が前に身を乗り出そうとする。どうやら、あおえの顔を覗《のぞ》きこもうとしているらしい。

「あら、いけませんわ」

あおえはご丁寧に片袖で長い馬づらを覆い、公達の目から隠そうとした。貴族の女として、家族でも夫でもない異性から顔を隠すのは当然のたしなみである。もっとも、あおえが顔を見せられない理由はそればかりではないが。

公達はあわてて言い訳を口にした。

「気を悪くなさるな。今宵の思い出として、わたしはどうしても、そなたの顔を目に焼きつけておきたいのだ」

「いいえ、ご覧にならないでくださいまし。きっと幻滅なさいます」

「幻滅？」

「ええ。わたくしは……、わたくしは……」

実は馬頭鬼なんです、と暴露できるはずがない。

「いささか、顔が長《なご》うございます」

「そんなことは気にしない」

公達は即座に言い放った。語気の強さは、彼の本気を表している。が、そもそもが、そういう問題でもなかった。

「いけません、いけません」

あおえは感情をこめて声を震わせ、馬づらを小さく左右に振った。

「このままでしたら、今宵のことは一夜の美しい夢となりましょう。けれど、わたくしの顔をご覧になれば、きっとあなたさまも幻滅なさいます」

幻滅どころで済む話ではない。しかし、事実を知らぬ公達は、

「そのように哀しげな声を出すとは……、よほどつらい思いをしてきたのだな……」

と、きれいなほうへ解釈する。あおえもちゃっかり相手の誤解に便乗する。

「はい……」

公達の視界には入っていなかったが、馬頭鬼のつぶらな瞳には自己憐憫《れんびん》の涙が浮かび、きらきらと星が瞬き出していた。

「ふるさとを遠く離れ、苦しい思いをしております。どうにかして彼《か》の地に戻りたく、寺社にこっそりと詣でて願をかけておりました。ひと目をひく顔だちゆえ、陽《ひ》が暮れてから市女笠をかぶって、こうしてひとりで……」

「健気だ」

「ですが、霊験はいまだ顕れず、わたくしのふるさとへの想いは増すばかり」

「なんと切ない」

嘘は言っていない。真実だからこそ、あおえも本気で涙を流すし、公達も心からの同情を寄せる。

「いったい、そなたのふるさととはどこなのだ？　危ういところを救ってもらった恩義もあるし、なんとか力になりたいのだが」

「そんな、無理でございます」

「いやいや、わたしならそなたの助けになれるとも。なぜなら、わたしは……」

公達が言いかけたそのとき、前方から数人の人影が松明を手に走ってきた。あおえはハッとして背すじをのばし、棒立ちになる。途端に、背中の公達が地面にずり落ちた。尻を打った公達が悲鳴をあげる。悪いが構ってはいられなかった。馬頭鬼としての顔を、一般のかたがたに披露するわけにはいかないのだ。

くるりと身を翻すと、あおえは松明の明かりとは逆方向の暗闇へ、まっしぐらに走り出した。

「待って……！」

公達がのばした手が、虫の垂衣の端をつかむ。その程度ではあおえの疾走を止めることなどできず、市女笠だけがすぽりと脱げてしまう。笠を置き去りに、地響きにも似た重厚な足音は急速に遠ざかっていく。

「姫！　姫君！」

空《むな》しくこだまする公達の呼びかけ。そこに重なり、

「そこにおられましたか、主上」

と息を切らした声が響いた。松明を掲げて走ってきた人影は公達を探していた従者たちであり、その先頭を切っていたのは誰あろう、新蔵人の夏樹であった。

「主上！　おひとりで歩かれるなど、どういうおつもりですか!!」

温厚な彼もさすがに声が荒くなっている。しかし、怒鳴られているほうは耳も貸さず、市女笠を両手に握りしめて、遠い目をしている。その異様さに夏樹も気がつき、

「主上？　主上、いかがなされました。どこか、お悪いのですか？」

問われたほうはそれには応えず、ゆるくかぶりを振った。

「わたしは――ついにみつけたのだ」

「はい？　いったい、何をおっしゃっておられるのですか？」

「運命の姫君だよ！」

そう叫んだ公達の――いや、帝の瞳は馬頭鬼に優《まさ》るとも劣らず、きらきらと光り輝いていた。

翌日。

御所に参内《さんだい》した夏樹は、さっそく上司の頭の中将に呼び出された。蔵人たちをとりまとめる役を担う彼は、部下の顔を見るや、

「今朝がたから主上のご様子がどうもおかしいのだ」

と、すぐに本題を切り出してきた。心当たりが大ありの夏樹は、居心地悪げに身じろぎをする。

「おかしい、と申されますと」

「お心、ここにあらずのご様子でな。また悪いご病気が出られたのではと考えたのだが、どうかな?」

さすがは一の側近の頭の中将、帝の様子をひと目見ただけで何かあると看破したらしい。隠していてもどうしようもないと、夏樹はため息をひとつついてから、昨夜の出来事の知る限りを報告する。

「はい。昨夜のことですが、主上は噂の三条の姫君をご覧になろうと牛車から降りられ、柴垣《しばがき》より垣間見されておりました。ところが、いつの間にやら主上の姿が見えなくなり……」

「それはまたなぜ？」

「はあ、それが」

夏樹は思いきり渋い顔になった。

「月の光はわずかで、そのために三条の姫君もまさか外から見えはすまいとご安心なさったのか、お邸《やしき》の端近《はしぢか》にお寄りになられて琴を弾いていらっしゃいました。ところが、屋内の燈台《とうだい》の火のために、御簾《みす》越しでも姫のお顔がはっきりとわかったのです。まあ、その……主上のお好みとはややはずれる、個性的なお顔立ちで。いえ、わたくしの目からはそれほど他のかたがたと異なるようには見受けられなかったのですが、人間、顔の美醜ではないと常々思っておりますし」

「それはそうだが、主上ははっきり申しあげて、面食いでいらっしゃるから」

宮中で数多《あまた》の美女に囲まれているうちに培われた嗜好《しこう》なのか。ある意味、夏樹の願いが天に通じたとも言えよう。ただし、そのあとが悪かった。

「主上はいささかご機嫌を損なわれてしまわれたご様子で、わたくしたちが少しばかり目を離しておりましたうちに……」

「運命の姫君を探し求めて、おひとりでふらふらとさまよい出されたと、こういうわけなのだな？」

「はい」

監視の目から離れてみたい、うるさい臣下をはらはらさせたいという、いたずら心もあったに違いない。だが、夏樹にしてみれば、帝を探し廻っていたあの時間は実際の何倍も長く感じられた悪夢の時間だった。もう絶対に忍び歩きの供はすまいと誓ったくらいだ。誓ったところで、命令が下れば拒否もできないのだが。

「それにしても奇妙だな」

と、頭の中将は首を傾げた。

「三条の姫君がお気に召さなかったのなら、あのような物思いのお顔はなさらないはず……」

「実は、おひとりで夜道を歩いていらしたそのときに運命の姫君と遭遇されたとか」

「おやおや」

頭の中将は驚きあきれたが、相手がどこの誰とも名乗らず、顔すら見せずに逃げ出したと聞いて、ホッとしたように相好《そうごう》をくずした。

「ならば、もう再会はあるまい。主上の熱もすぐに冷めることだろう」

「そうでしょうか」

「そうなるとも。あのおかたは、こう申してはなんだが熱しやすく冷めやすいところがおありだから」

上司にそう太鼓判を押されて夏樹もやっと安堵《あんど》したが、それも長くは続かなかった。

その日のうちに彼はこっそりと帝のそば近くに呼ばれたのである。

清涼殿《せいりょうでん》内の夜の御殿《おとど》と呼ばれる私室で、帝は脇息《きょうそく》にもたれかかり、ため息をつきつつ扇をもてあそんでいた。その遠いまなざしを見た途端、夏樹は不吉な予感がした――いや、こっそり呼び出されたときから予感はしていたのだ。

案の定、帝は夢見るような口調で切り出した。

「今日一日、わたしはずっと雲を踏んでいるような心地だったよ。それがなぜか、新蔵人にはわかるか？　もちろん、わかるであろう？」

返答を待たずに帝はさっさと言葉を続ける。

「かの姫君がそうさせたのだ。わたしの手の中に市女笠ひとつを残して、天女のごとくかき消えてしまった不思議なあのひとが……」

「はあ」

なんとも言いようがないので、夏樹は適当に相槌《あいづち》を打つ。気の抜けた反応でも聞いていてもらえさえすれば満足なのか、帝は文句もつけずにひたすらおのれの恋心を吐露していく。

「あのような女人には初めて逢った。わたしはそれまで、女人に外見の美しさばかりを求めていたような気がする。しかし、そのひとの真の値打ちとは美醜ではなかったのだ。皮一枚のそんな薄っぺらいものより、ずっと大事なものがこの世にはあったのだねえ」

「御意《ぎょい》」

いまさら気づくなよとあの口の悪い友人ならば言うだろうなと思いつつ、夏樹は神妙に頭を下げる。その様子も帝の目には入っていない。彼の遥かな視線の先にあるのは、ここにはいない幻の姫君の姿だ。

「わたしが顔を見ようとした際に示したあの奥ゆかしさ、盗賊どもをちぎっては投げ、ちぎっては投げしたたくましさ……。そんな対極の要素が、ひとりの女性のうちに同時に存在しようとは」

帝は思い出を反芻《はんすう》するように、うっとりと目を閉じた。まぶたの裏に、どんな女性像が浮かびあがっているのか、夏樹も多少は興味がある。いや、たくさんあった。

「あの広い背中……。わたしは母の背に負われたことなどないが、もし幼子の頃にそうされていたならば、あのような安らかな心地になっていたであろう。温かく優しく包みこまれているような……。せめてあの、どこか懐かしく甘やかな時間がもう少し長く続いていれば……」

貴族の女性はわが子に直接乳を与えることなどないし、ましてやおぶったりもしない。それは乳母《めのと》の仕事だ。この時代、当たり前のことであり、帝自身も直接的な母子《ははこ》の触れあいを望んでいたわけではあるまいが、心動かされるものはあったらしい。そのあたりの心理は、早くに母に死なれた夏樹もわからなくはないので、うんうんとうなずく。

（にしても、すごい女性だな）

と、彼は心の中でつぶやいた。

複数いた追い剝ぎに、たったひとりで奇襲を仕掛ける度胸。中肉中背の青年ひとりを背負ってふらつきもせずに歩いた体力。

並の女でないことは、話を聞いただけでもよくわかる。楚々《そそ》とした美女しか知らない帝の目にいかに新鮮に映ったか、想像するのは難しくない。

（だからって、まさか宮中に招くわけにもいくまいに）

貴族の範疇《はんちゅう》には入るかもしれないが、けして上流の出ではないことは明らかだ。そこは帝も予測がついているらしく、表情を曇らせる。

「かのひとを探しあてるのは難しいことかもしれぬ。あの夜に香っていた梔子の花のように、あまり詳しいことは語ってくれなかったし……」

「御意。その姫君とのことは美しくもはかなき一夜の夢とおぼし召されて、お心の内に秘められるのがよろしいかと――」

「わかっている！　だが、この恋心を鎮めることはどうしてもできないのだ！」

ふいに帝は激情をほとばしらせ、扇を勢いよく床板に叩《たた》きつけた。その激しさに夏樹は腰を抜かしそうになったが、かろうじて踏みとどまる。そこへさらに畳みかけるように、

「新蔵人よ、そなたにもわかるであろう。この切ない想いが！　苦しい胸のうずきが！」

帝は燃えに燃えていた。その勢いに圧《お》され、まったく理解不能だったにもかかわらず、夏樹はかくかくと頭を上下に揺らした。帝はさらに調子づき、想いを高らかに謳《うた》いあげる。

「わたしは愚かだった。間違っていた。女人に求めるべきものは優しさだ。母性だ。それに気づかせてくれたのは、あの姫が初めてだった。そうとも、わたしは真実を知って生まれ変わった。これはわたしが初めて出逢う本当の恋なのだ！」

帝は脇息を蹴飛ばして立ちあがり、両腕を天にのばして彼なりに恋心を表現した。その背景には、不動明王が背負いそうな火炎がごうごうと燃え盛っている。もちろん、実際に火の気はないのだが、不可視の炎の苛烈さは清涼殿の天井を焼き焦がさんばかりで、夏樹の目にもそれがはっきりと映った。

ひいひいと心で泣きながら夏樹は後ずさろうとする。そうはさせじと臣下の肩を鷲《わし》づかみにし、帝は血走った目を彼に近づける。

「頼む、なんとかして探し出してくれ。名前も告げずに去ってしまったあの不思議な姫君を！　わたしの運命の姫を！　梔子の花の君を!!」

否やを言う隙など、もちろん与えられもしなかった。

「というわけで、証拠品の市女笠を預かってきたんだけど。これだけで、その姫君の行方ってわかるものなのかな？」

逃げるように御所を退出してきた夏樹が真っ先に向かったのは、自邸の隣に建つ友人の家だった。

そこに住まうは陰陽生。星の動きに未来を読み取り、鬼神《きじん》をも操る陰陽師の見習いである。

まだ修行中の身とはいえ、この陰陽生、一条はそんじょそこらの見習いとはかなり違っていた。いずれは師匠の賀茂《かも》の権博士《ごんのはかせ》をも凌《しの》ぐのではないかと思われるほどの、術の冴《さ》えを見せるのだ。

友人の実力に関して、夏樹は絶対の信頼を寄せていた。だからこそ、市女笠を手にしてここへ訪れたのである。

一条は差し出された市女笠の包みを受け取って、難しそうに眉をひそめた。

「と言われてもなぁ……」

自宅でのくつろぎ時間だったため、一条は成人男子のたしなみである烏帽子もかぶらず髪も結わず、狩衣《かりぎぬ》をゆったりと着崩していた。つやのある黒髪は肩をすぎて流れ、自然に色づいた唇が白い肌に妖《あや》しく映える。まさに男装の美姫《びき》かと見まごうばかり。

片膝を立ててすわった一条は自分の容姿など気にした様子もなく、わっしわっしと頭を掻《か》きむしった。髪は乱れたが、それがかえって美貌に凄《すご》みを添える。

絶世の美女、西施《せいし》のしかめた顔があまりに美しかったので、もとが違うのも顧みず多くの女たちが彼女の表情を真似《まね》た、という故事が大陸に伝わっている。いまの一条なら、あの西施にも劣るまい。それほどに彼の美貌は抜きんでており、夏樹の目の保養にもなっていた。

「話通りの大女なら、何もしなくても目立つはずだ。地道に聞きこんでいったほうが結果は出るんじゃないか？」

「え？　ああ、それも考えなくはなかったんだけども」

夏樹はこほんと咳払《せきばら》いをして、目下の問題に意識を向け直した。

「当人はおのれの顔のことを恥じて、昼間、表を出歩くのをさけているらしいんだ。そんな暮らしをしているのなら、周囲に知られているとは限らないだろう？」

「じゃあ、夜中の願掛けを待ち伏せする」

「都にどれだけの神社仏閣があると思う？　逃げ足も相当速いらしいぞ。主上の話によると、音よりも光よりも速く、あっという間に闇に消えたとか」

「音よりも光よりも？　そりゃあ、人間じゃないぞ」

「いや、ものの喩《たと》えなんだとは思うよ」

「ああ。本当なら、まさに物《もの》の怪《け》姫だ」

「主上は梔子の花の君なんて呼んでおられたけど」

「ふうん。何も語らず、しかし、それほどまでに強い印象を残していった女――なるほど、それで梔子の花の君か」

「どんな女性なんだろうなあ。梔子の白い花のような……」

「筋骨たくましく、追い剝ぎをちぎっては投げ、ちぎっては投げする姫君……」

夏樹と一条が想像を膨らませているところに、鼻歌を歌いながら馬頭鬼のあおえが入ってきた。今日の彼は水干《すいかん》姿。手にした高坏《たかつき》には松の実と白湯《さゆ》が載っている。

「いらっしゃいまし、夏樹さん」

「やあ、お邪魔させてもらってるよ」

馬頭鬼ににこやかに微笑《ほほえ》みかけた夏樹とは違い、一条は礼も言わずに高坏を受け取る。居候ならそれくらい働いて当然と思っているらしい。

「で、できるのかな、できないのかな？」

白湯を飲みながら、単刀直入に夏樹が訊《き》く。一条は松の実をつまみつつ、顔をしかめた。

「できなくもないが面倒だ」

「……だろうな」

「仮にみつけだしたとしても、後宮に入れるような身分とは限らないだろ。そうすると、市井に住む彼女のもとへ通うため、主上の夜歩きがこれまで以上に頻繁になって、おまえの苦労が増すだけだぞ」

「それは困る」

「なかなかみつからないとか適当に言って、ほうっておいたらどうだ？　主上は熱しやすく冷めやすいと頭の中将だって保証してるんだから、すぐに忘れてくれるさ」

「甘いよ」

夏樹は実感をこめてため息をついた。

「熱くなられているときの主上はそりゃあもう、火炎地獄並みだから。冷めるのを待っているうちに、こっちが焼死する」

「なんだか大変そうですねえ」

あおえは高坏を渡したあともちゃっかりそばに居すわって、ふたりの話に興味津々、耳を傾けていた。他人に聞かれてはまずい話だが、どうせあおえに聞かれたところでよそに広まりようがないので、夏樹も咎《とが》めない。むしろ逆に、

「そうなんだよ。宮仕えってのは本当に大変で」

と、彼を相手に愚痴をこぼす。

「わかります、わかります。つらいんですよねえ、こっちの気持ちをわかってくれない

相手に仕えるのって。なんか空しいんですよねえ」

　明らかに誰かに対するあてこすりだが、その誰かは気にせず松の実をほおばっている。

「話を戻すぞ……。やれなくも、ない。それだけ型破りな女なら一度逢ってみたいような気もする」

「本当か⁉」

　夏樹は嬉しさと驚きに声を弾ませた。あおえも意外そうに、

「一条さんでも、女の人に興味なんて持つんですか？」

「どういう意味だ」

「まあまあ」

　むっとした一条を夏樹が押しとどめた。

「一条が言うのも無理はないんだよ。とにかく、ただの女人じゃないんだから。背は少なく見積もっても六尺を超し、肩幅は男以上に広く、筋肉も隆々」

「へえー」

「おやおや」

「声は太く、力は強く、長太刀を提げた男どもを相手に一歩もひかぬ剛胆さ」

「なのに、その心根は優しく、母性に満ちあふれ、乙女のように可憐《かれん》な恥ずかしがり屋さん」

「剛胆で恥ずかしがり屋さんなんですか。矛盾してますねえ」

「その意外さがまた魅力なんじゃないかな。しかも、どこの誰ともわからぬままに去られたとあっては、また逢いたいっていう気持ちも倍増するだろう」

「それっておいしいですねえ」

あおえは自分の分の白湯をずずっと音をたててすすった。

「そのひとを一条さんが探すんですか？」

「ああ、そうなりそうだ」

一条は松の実を咀嚼《そしゃく》しつつ、素っ気なく応える。やる気のない彼の態度に夏樹は少し不安になるが、他に頼れる相手がいないのだから仕方ない。

「その女の遺《のこ》していった物、出してもらおうか」

「うん」

夏樹は脇に置いていた包みをほどいて市女笠を取り出した。一条もいつもなら「名前と生まれ年ぐらいはわからないとどうしようもない」とすげなく断るところだが、そうせずに引き受けたのも、市女笠という遺留品があるのが大きいのだろう。

「この市女笠なんだが……」

「あれ？」

夏樹が広げた市女笠を見て、あおえが変な声を出す。

「それって、わたしのですよ」

空気が凍った。

夏樹は両手に市女笠を持ったまま動かない。一条も松の実の咀嚼を中断させる。

動いたのはあおえだけ。前に身を乗り出して市女笠のほつれを指差す。

「ほら、ここのところにほつれがあるでしょ？　やっぱり、わたしのですよ。いやあ、助かりました。なくしたとばかり思いこんでましたから」

抑揚のない声で一条が尋ねた。

「なくした——？」

「はい。昨夜、外に出たときに。善良な都のみなさんを怖がらせちゃいけないから、ちゃんと女装して、この市女笠で顔を隠してたんですけどね」

「昨夜、外に出た——？」

「ちょっと願掛けに……。そりゃあ、わたしも女装して夜中にひとりで出歩いたりしたら危ないかなって思わないでもなかったですけど。ほんとにもう、悪い連中に襲われちゃったりしたら、どうしましょうって」

何を想像したのか、あおえは恥ずかしそうに頰を染める。夏樹はとてつもなくおそろしいものを見るような視線を馬づらに注いだ。確かに、赤面して身をくねらせる馬頭鬼は、ある意味、とてつもなくおそろしい。

「そういえば、わたし、昨夜はとってもいいことしたんですよ。追い剝ぎにからまれていた、どこぞの公達をお助けしたんです。あっ、ご心配なく、顔は見られてませんから。追い剝ぎたちには、驚かそうって意図もあったんでわざと見せつけましたけどね。その公達ははっきり見てなかったみたいで、わたしのことを女性だと頭っから信じこんでいて」

夏樹のこめかみを冷や汗が流れた。あおえの六尺を超す背丈、広い肩幅、隆々とした筋肉を見ているだけで、汗の量はどんどん増えていく。

「どこぞの公達――」

くり返す一条の声は不気味なほどに静かだ。あおえがまた、能天気に応える。

「はあい。そのあと、公達のお供のひとが駆けつけてきたんで、わたし、逃げたんです。たぶん、そのときにこの市女笠を落としちゃったんですね。戻ってきてくれてよかった。外出時の必需品ですもん。でも、よくみつかりましたねえ……。あっ、もしかして、昨夜のあのひとが届けに来てくれたんですか？」

ふいに、一条があおえの胸倉を両手でつかんで引き寄せた。

「この大馬鹿者が!!」

「何するんですかぁ！」

「馬鹿が馬鹿が馬鹿野郎が!!」

「大声で怒鳴らないでくださいよぉ。松の実と唾がわたしの顔にかかるじゃありませんかぁぁぁ」

「おう、かけてやる、かけてやるとも！　ぺぺぺぺっ!!」

「いやあぁぁ、きたないぃぃぃ!!」

あおえは必死に一条の腕を振りほどき、半泣きになって夏樹にすがりついた。

「助けてください、夏樹さん！　一条さんが、一条さんが突然、無体なことをするんですぅぅぅ！」

馬頭鬼のたくましい腕に身体をしめつけられ、なおかつ涙によごれた顔を近づけられて、夏樹は苦しげにつぶやく。

「おまえが、主上の、運命の姫君……？」

「はい？　なんのことです？」

大きな瞳を潤ませて無邪気に訊き返すあおえに、それ以上何も言えはしなかった。


あの日を境に、夏樹は参内するたびに帝から、「かの姫君はまだみつからぬのか」と、しつこく催促をされ続けた。

その都度、なんとかはぐらかしてきたし、なるべく帝のそばには寄らぬよう気をつけた。しかし、名指しで呼び出されては行かぬわけにもいかないし、公式な場で話はできずとも帝は目で催促してくる。まだかまだかと訴えてくるぎらぎらした視線。それはもう、並々ならぬご執心ぶりだ。

夏樹は連日の圧力にたまりかね、胃をおさえて友人の邸に駆けこんだ。

「一条……、このままだと主上の妄執の炎でこっちが焼死しかねないよ……。なんとかしてくれよ、一条……」

必死の訴えにも、一条の返答は無情だった。

「なんとかしろって、アレを主上に逢わせろって言うのか？　アレを？」

指さした先では、馬頭鬼が針仕事に勤《いそ》しんでいた。これが人間の女性ならば、「いいひとがいるんですよ。あのひとだったら理想的な奥方になれますって」と安心して結婚話の世話もできようが——人間でもない、女性でもない。相手も帝だ。土台、無理な話である。

あおえも本気で困ったような顔をしている。

「わたしは別に構わないんですけどぉ、むこうのかたの夢を壊さないためにも逢わないほうがいいと思うんですよね」

「それはそうなんだけど。いや、面と向かった衝撃のあまり、主上が夜歩きにご興味をなくすんじゃないかって期待もちょっとはしてるんだけど」

「それは欲ばりすぎだ」

一条にいなされて、夏樹は力なく肩を落とした。

「にしても、このままだとなぁ。ここのところ、御所に参内する時刻になってくると胃が痛くって……。乳母の桂《かつら》に余計な心配はさせたくないから、騙《だま》し騙《だま》し参内しているけど。いや、自分でどうにかできるのならがんばろうとも思うよ。でも、こればっかりはな……」

つい、弱音を吐いてしまう。こんな自分が情けなくて、夏樹はますます落ちこんでいく。

「すべてはアレが悪い」

一条が横目であおえを睨《にら》んだ。あおえは息をついて針仕事の手を止めると、すっと寄ってきて落ちこむ夏樹の手を取った。

「わかりました、夏樹さん。わたし、主上に逢いましょう」

「いや、それは最後の手段ってことで、直接逢うのはちょっと……。その前に、一条の陰陽の術で穏便に……」

穏便に済ませたいのに、あおえはひとの話を聞いてくれなかった。

「わたしのことでしたら心配しないでください。入内《じゅだい》なんかできなくったっていいんです。後宮で数多のお妃《きさき》さまと帝の寵愛《ちょうあい》を競い合うなんて、引っこみ思案なわたしにはとてもできそうもありません。生涯、日陰の身の上で構わないです。それでお世話になった夏樹さんをお救いできるのでしたら」

「あのね、あおえ」

「聞けば、主上は相当な色好みとか。どんな目にあわされるのか、想像するだけでわたし、おそろしゅうございますが、ああ、これもさだめというもの……」

夏樹はだらだらと冷や汗を流した。振りほどこうにも、あおえの手は天狗《てんぐ》の大団扇《おおうちわ》並みに大きく、彼の両手はすっぽり包みこまれてしまって逃げられない。

「ときの権力者の要求のままに、泣く泣くこの身を差し出すなんて、まさに悲劇の女主人公じゃありませんか……！」

すぽーんと小気味よい音を響かせて、一条の紙扇が馬頭鬼の後頭部に炸裂《さくれつ》した。

「冗談はそれくらいにしろ。夏樹が血を吐いて死ぬ」

「はあい」

あおえはしぶしぶと夏樹の手を離した。夏樹は片手で額の汗をぬぐい、もう片方の手で痛む胃を押さえこむ。一条も友人の顔色の悪さが気になったらしく、眉間に微かな皺《しわ》を寄せて、夏樹の顔を覗きこんだ。

「安心しろ。主上に運命の姫君をあきらめさせる策は考えてあるから」

「本当か⁉」

夏樹はすかさず一条にとびついた。あおえがしたように友人の手を両手で握りしめ、まなざしでもってすがりつく。一条は、それはそれは厭《いや》そうな顔をした。

「本当なんだな⁉」

「ああ、本当だとも」

「まさか、あのあおえを本気で入内させるとか、そんな世にも奇妙な策じゃないだろうな⁉」

「……誰がやるか、そんなこと。ただ、いろいろと仕掛けが必要になってくるんだが」

「わかった。準備は手伝う。なんなりと命じてくれ」

「わたしも及ばずながら協力しますぅ」

にこやかに首をつっこんでくる馬頭鬼を、ふたりの少年は同時に怒鳴りつけた。

「当たり前だ！」


数日後、満ちた月が天空に皓々《こうこう》と照る夜——御所からこっそりと退出してくる牛車があった。騎馬で付き従うのは夏樹。とくれば、牛車に乗っているのはもちろん帝だ。

他者に行き先を気取られぬようにと、大廻りをして三条方向へ向かう。そして、牛飼い童はひと気のない場所で牛車を停《と》めさせた。

夏樹は馬から下り、車の中の帝に恭しく言上する。

「ここから先は、申しわけございませんけれど、徒歩《かち》にてお願いいたします。何分にも目立ちたくないと姫君からのたっての願いでございますから……」

「うむ」

夏樹に促され、帝が牛車から降りてきた。冠に直衣、指貫袴《さしぬきばかま》、そのどれもが新品だ。高価な香《こう》もふんだんに焚《た》きしめてある。肌はつやつや、鬢《びん》にはひとすじの乱れもない。

この姿を見、かぐわしい香を嗅げば、誰しもが相手はかなりの有力貴族とすぐ察するだろう。こんなかたのおそばに仕えられるならと、大抵の女性が進んで身を投げ出してくるに違いない。

そんな自信に裏打ちされて、帝は天の月を見上げ、扇で口もとを隠してふっと笑った。

「長かった……だが、わたしはやっとあなたをみつけたよ。折しも、このように美しい満月の夜に。やはり、わたしたちは月の導きによって結ばれるべく定められた、運命の恋人同士だったのだね。ああ、あなたと出逢ったあの夜と同じに、梔子の花の甘い香がどこからか漂っているよ……」

夏樹は伏せた顔を泣きそうに歪めた。普段なら帝の激甘な即興詩歌など右から左に聞き流してしまうのだが、相手があおえだとわかっているだけに耐え難いものがある。

「主上、まだ姫君も主上のお心を受け容れるとはっきり仰せられたわけではなく……。

それほどまでに思っていてくださるのなら、物越しにご対面してお話し申しあげたいことがあると、かように仰せ……」

再び、帝はふっと笑った。

「新蔵人は独り身だから妬《や》いておるのだな？」

「………」

それだけは絶対にないと明言できる。が、どうせ言ったところで帝は聞くまい。もはや自分自身でもたぎる期待に抑制が利かなくなったのか、帝は扇の陰で目尻を下げてふっふっふっふっと笑い続けていた。

「月の女神も今宵のわれらをご覧《ろう》じろ！　ああ、世界はふたりのために！」

「……こちらでございます……」

盛りあがる帝を引きずるようにして、夏樹は狭い路地に入った。ここから先は彼と帝のふたりきりだ。

三条界隈には大きな邸宅が建ち並んでいたが、それでも貧しい庶民の家や、打ち捨てられた空き家などがないわけでもなかった。夏樹が帝を連れていったのも、中流か、もっと下位の貴族が住んでいたとおぼしき小さな邸だ。『住んでいた』と過去形になるのは、いま現在、誰かが住んでいるとはとても思えない有様だったからである。

門扉は半分はずれて草ぼうぼうの庭が外から丸見え。屋根にも草が生い茂り、簀子縁《すのこえん》の床板には穴があいている。ひとよりも狐《きつね》か狸《たぬき》が棲《す》みかとしていそうで、さすがに帝もこれには戦《おのの》いた。

「このような場所に姫君が？」

「はい」

夏樹は手にした松明で邸の荒廃ぶりを照らしながら、神妙に応えた。

「ふるさとを遠く離れて都に参ったものの、お世話をしてくれた養父母とは次々に死に別れ、女の身ひとつでは邸を維持することもままならず、使用人もすべていなくなってしまったとか。それはそれはお困りのご様子で。しかし、そのことをあの夜の公達に知られるのはお恥ずかしいと、そう仰せられて主上にお逢いするのをずっと拒んでおられたのでございます」

「なんと……いじらしい……」

帝はにじんできた涙を袖でそっと押さえた。

「ずっと苦しんでいたのだね……。だがもう、そんな思いをさせはしない。早くあのひとに逢いたい。新蔵人、さっそく案内《あない》をしておくれ」

「はっ」

腐った床板を踏み抜かぬよう注意しつつ、ふたりは邸の奥へ進んでいった。明かりは夏樹のかざす松明だけ。しかし、廂《ひさし》の間《ま》にはひとつ燈台が置かれ、小さな火がその周辺を照らしていた。

　頼りない光の内に見えたのは、床に敷かれた薄い円座《わろうだ》。一段高い母屋《もや》とを隔てる一枚の御簾。

「ここでお待ちくださるようにと。では、わたくしは簀子縁のほうに下がっておりますので、何事かありましたらば、すぐにお声がけください」

「うむ」

　緊張ぎみの帝を残して、夏樹は言葉通りに、外に張り出した簀子縁へとさがって松明の火を消した。といっても、廂の間とは近い。明かりが帝のそばの燈台だけになったせいで、むこうの様子はよりよく観察できた。なおかつ、こちらの動向はわかりにくい
――帝も夏樹の存在などすぐに忘れて、御簾のむこうに意識を集中させている。

　それを確認した上でか、夏樹の隣に人影がひとつ、すっと近寄ってきた。普段の気楽な恰好《かっこう》をした一条である。

「準備は整った」

　ひそめた声で耳打ちされ、夏樹はうなずいた。音がせぬよう静かに立ちあがり、ふたりして簀子縁から廂の間を迂回《うかい》し、建物の反対側から母屋の御簾の内側へとそっとまわる。

　そこにはすでにあおえが待機していた。いつもの水干ではなく、女装で。それも気合

たっぷりに着飾って。

丈なす黒髪はもちろん鬘《かつら》だが、本物の髪と見分けはつかない。額の上、金の釵子《さいし》（かんざし）でとめられた同じく金製の髪飾りからは絹糸の飾り紐《ひも》が幾筋も垂らされ、黒髪のつややかさを強調している。山吹の襲《かさね》の唐衣《からぎぬ》にまといつくのは薄い領巾《ひれ》。まさに天女が舞い降りてきたような——とは、衣装だけ見ればの話。いくら天界でも、これほどたくましい天女はみつかるまい。

あおえはその恰好がすっかり気に入ったようで、うっとりと目を細めている。夏樹と一条は少し離れた場所に置いた古い屏風《びょうぶ》の後ろから、見たくもないがそれを眺めている。

一条が合図を送ると、あおえはわざとらしく身じろぎして、しゅっと衣《きぬ》ずれの音をさせた。それを聞きつけて帝が目を見開いたのも、夏樹の位置からは丸見えであった。

「姫君？　そこにいらっしゃるのですか？」

帝の声に、あおえはか細い裏声で応じた。

「はい、お待ち申しあげておりました……」

「ああ……、その優しく深みのあるお声……。やはり、あなただ。間違いない」

帝は感動に語尾を震わせている。女のもとへ通うのはこれが初めてでもあるまいに、少年のようなひたむきさ、初々《ういうい》しさだ。

「探しておりましたよ。市女笠だけを遺して逃げ去ってしまわれるとは、ひどいかただ。

あれから、わたしがどのような気持ちで日々をすごしていたか、ご想像がつきますか？いつもいつも、あなたのことばかりを考えて……。面影が、梔子の花の香とともにこの心にまとわりついて離れなくて……」

「いけませんわ。わたくしはこのような落ちぶれ果てた家の者。あなたさまはどう見ても高位の公達《きんだち》。きっと、若く美しい恋人も大勢いらっしゃるのでしょう？」

「過去のことは否定もできません。しかし、いまは違います。あなたというひとを知って、わたしは違うわたしになったのです。ひとりの女性の愛を欲して震える、ただの無力で愚かな男に」

歯が浮いて抜け落ちそうな台詞《せりふ》を、帝はてらいもなく口にする。ここまでくれば、芸と呼んでもいい。恋愛経験の乏しい夏樹は、屏風の後ろで聞き耳を立てつつ、ひたすら感心していた。

（なるほど、恥ずかしくて死にそうな台詞は、こんなふうに大真面目《おおまじめ》に使えばいいんだな）

一条はどういう感想を持ったのだろうかと横を見れば、苦虫を五千匹ほど嚙《か》み潰したような顔になっている。

たとえ帝が一条のその表情を目撃したところで、屁《へ》とも思わなかっただろう。すでに外野の存在は忘れ果て、どっぷりとふたりの世界に入りきっている。

「せっかくお逢いできたのです。そのような遠くではなく、もっと火の近くにおいでください」

「お許しになって。わたくしはこの顔を、燈台の火にも月の光にもさらしとうございませんの。そして、いちばんおそろしいのはあなたの目にさらすこと……」

「外見など気にはしませんのに。わたしはあなたのたくましさ、優しさ、母のごとき包容力に惹《ひ》かれたのです」

訴えつつ、帝は膝で御簾ににじり寄った。あおえは近寄られた分、あわてて御簾から遠のく。まるで内気な姫君が男の情熱に本当におびえたように。

「逃げないでください。わたしは、あなたがまたあのときのように消えてしまわないかと不安でたまらないのですよ。どうか、その御簾を上げて、わたしにお姿をはっきりと見せてください。夢ではないとわたしにわからせてください」

「いけません、いけません」

あおえが首を横に振ると、金の釵子が揺れてしゃらしゃらと微かな音色を奏でた。

「どうか、そっとしておいてくださいまし。わたくしとあなたは住む世界が違うのです」

帝は唇を噛んで、苦悩の表情を作る。

「つれないおかただ……。あなたはわたしの気持ちを受け容れてくださらぬばかりか、名前すら教えてくださらない」

「あおえ、と申します」

「あおえ姫――」

帝は甘露を舌の上に転がすように、愛《いと》しげにその名を発音した。

「美しい名だ。まこと、あなたにふさわしい――」

さすがに、夏樹も悶死《もんし》しそうになった。

「おい、おい、一条！」

耐えきれず、友人の袖をつかんで小声で訴える。

「いいのか、このまま女だと信じこませたままで。とっとと馬づら拝ませてやったほうが主上のためにもいいんじゃないか？　あのふたりが意気投合して本当に結ばれたら、どうするんだ？」

ありそうで怖い。あの帝なら、あおえが男で馬頭鬼なのだと事実を知ってもなお、「欠点は誰にでもある！」と強引に押し切ってしまいそうだ。

気を揉《も》む夏樹の頭を、一条は丸めた『竹取物語』の冊子で勢いよく叩いた。

「気色の悪い心配はするな。いいんだよ、女だと誤解したままで。おれたちが狙ってるのは〈かぐや姫〉の路線なんだから」

「こんなので本当に〈かぐや姫〉が演出できるのか？」

一条がどこからか調達してきた物品に、夏樹は不安七割、期待三割の視線を向ける。それが何かは知らないけれども、陰陽の術に用いる特別な品らしいのだ。そう言われてみると、何やらその品から冷気のようなものを感じなくはない。

「気をつけろ。不用意にさわると火傷《やけど》するぞ」

「そんなに危険なんだ」

「ああ、詳しくは訊くな。本来なら、この時代にあってはならないものなんだからな」

「それはすごいな……」

そんな怪しい会話がすぐ近くで交わされているとも知らず、帝は熱心にあおえを口説き続ける。情熱的で耳に心地よい言葉に、あおえもまんざらではなさそうだ。女になりきって身をくねらせ、本気の涙声まで洩《も》らしている。

「お願いですから、わたくしのことは忘れて。実は願掛けの甲斐《かい》あって、ようやくふるさとに戻れることになったのです。今宵はそのことをあなたに告げて、わたくしへの想いを断ち切っていただこうと……」

「なんですって?」

帝は雷に撃たれたかのごとく衝撃に身を震わせた。演技でもなんでもない。それほどまでに深く、あおえに恋してしまったという証拠だ。

「いやです――あなたをあきらめるなど、わたしにはできない! できるはずがない!」

帝は激情のまま唐突に立ちあがると、ふたりを隔てる御簾を力いっぱいはらいのけた。あおえは両袖で顔を覆う。

そこへ、一条の合図。

「いまだ!!」

かねてからの打ち合わせ通り、夏樹は水を張った角盥《つのだらい》の中に、陰陽の秘術の賜物《たまもの》――白く濁った氷の塊のようなものをどさどさと放りこんだ。いったいどういう魔法なのか、たちまち水面がぼこぼこと泡立ち、白い煙が発生する。

煙は霧よりも濃く、雲のように白い。あとからあとから噴き出てくるそれを、夏樹は扇で一所懸命にあおいで、帝とあおえの周辺へ漂わせる。さらに、一条が鏡を使って燈台の明かりを帝の顔めがけて反射させる。これでは、馬頭鬼の容姿をしかと見ることはできない。

「なんだ、この煙は⁉　この光はいったい⁉」

あわて騒ぐ帝の耳にも届くようにと、あおえが声の調子を張りあげた。

「ああ、ふるさとからのお迎えが――」

「えっ？　姫？　あおえ姫⁉」

「わたくしは月の世界へと戻ります。最後にこうしてあなたにお逢いできて、本当によかった……」

「姫!!」

ここぞとばかりに夏樹は扇を振り廻し、白煙をさらに大量発生させた。煙くはなくとも、こうも視界が白一色に染まれば、何が何やら視認できまい。

帝は必死に両手をのばすが、まばゆい光と濃い煙に阻まれて前に進めず、御簾の端を踏んで見事にすっ転ぶ。

「主上！」

夏樹は扇を捨てて走り出、帝を抱き起こした。後方の簀子縁にいたはずの彼が横から走り出てきたのはいかにも不自然だったが、いまの帝にはそこまで気が廻らない。ちょうど、あおえも物陰に身を隠したところで、絶妙の間合いであった。

あとは一条に任せ、夏樹は帝を小脇にかかえて簀子縁まで急ぎ後退した。

「放せ！　放さぬか、新蔵人！」

帝は大暴れして夏樹を蹴り飛ばし、もう一度母屋へと突入する。

「あおえ姫!!」

が、時すでに遅かった。

一条とあおえは事前にこの空き家を丹念に調べており、それとはわからぬような脱出路もすでに用意していた。帝が呼べど叫べど応える者はもうなく、白い煙がようやく晴れた邸内を必死に探してみても、ひとが住んでいた痕跡すらみつけることは叶《かな》わなかったのである。

空には冷たい月。帝は荒れ果てた庭にたたずんで、その月をじっと見上げている。

「主上――」

声をかけるのははばかられたが、いつまでもここにいるわけにもいかない。そう思って、夏樹はおそるおそる帝に呼びかけた。

「もう御所へお戻りになりませんと。頭の中将さまもお帰りが遅いことをご心配なさっておられますよ」

「新蔵人……」

振り返った帝の顔には哀しみと諦念が色濃く表れている。夏樹も、愛し合うふたりを無理矢理引き裂いた極悪人のような気がして胸が痛む。

だからといって、「いまごろ、姫は居候先めざして、すたこらさっさと走っております」と真実を暴露もできない。それだけは絶対に。

「主上、あの……」

「あのひとは本当にここにいたのだろうか。わたしは幻と話していたのではないだろうか。でなければ、まさか、あのようなことが起こるはずが……」

「いえ、わたくしもこの目で確かに見ました」

「そなたも見たのか」

「はい。かの姫君はその身体よりまばゆい光を発し、白い雲に包まれておりました。しかも、あのように跡形もなく消えてしまわれるとは、おそらく姫君は地上に迷われた月の天人《てんにん》でいらっしゃったのですね」

　真顔で口にするには抵抗のある台詞だが、帝の哀しげな様子を見ていると、すらすら言えてしまうから不思議だ。帝は少し救われたように、うっすらと笑みを浮かべた。

「天人……。そうだ、そうなのだな……」

　うんうんと、自分に言い聞かせるように帝は幾度もうなずいた。

「月からの迎えが訪れて……、不思議な霞《かすみ》の中にあのひとは消えた……。金の釵子《さいし》がきらきらと光って……、薄い領巾《ひれ》がひらひらと舞っていて……。どうして、そんなものばかりに気を取られてしまったのだろう。確かめようにもまぶしすぎて、わたしはついにあのひとの顔を見ることができなかった。新蔵人はどうだった？」

「お顔のほうは、わたくしもまったく。きっと、美しい夢のままで主上のご記憶に封印されることを姫君は望んでおられたのでしょう」

　それは夏樹の望みでもある。

「――あおえ姫――」

帝は再び月を仰いで嘆息した。

「あなたはいくら手をのばしても届かない、あの月のようなひとだった――」

帝の頰にひとすじ光って流れ落ちたのは、涙ではなく月の雫《しずく》。

こうして、帝の恋ははかなく終わりを告げたのだった。

桜闇舞扇《さくらやみまいおうぎ》

～大冒険平安活劇の巻～

一　戦慄！　山中の怪屋

宵闇にほのかに白く、桜の花が浮かびあがっている。花いっぱいの枝が重なり合って、一重の花びらも十重《とえ》二十重《はたえ》に。その白さは、たなびく春霞《はるがすみ》そのものだ。

淡い花の色を際立たせるようにあたりは闇。陽《ひ》が落ちてまだ間もないのに、山の繁《しげ》る木々がなおさら夜の暗さ、宵闇の色を濃くしている。そんな真っ暗な山中の道を、若い男たちがひとつに固まって進んでいた。

「おい、どこなんだよ、ここは」

「仁和寺《にんなじ》の裏手の山だってば」

「それはわかってるって。どうやったら里まで下りられるのか、それが知りたいんじゃないか」

「こんなに暗くちゃ何もわからないよ」

「だから、もっと早くに山を下りていればよかったんだ」

口々に不平不満を洩《も》らす貴族の若者が五人。彼らはみな、烏帽子《えぼし》と狩衣《かりぎぬ》を身につけ、元服も済ませた大人のなりをしていたが、その顔立ちはまだまだ少年と言っていいくらいに幼く、せいぜいが十五、六歳ぐらいと見受けられた。

ひとりが松明《たいまつ》を掲げていたが、その程度の光では行く手の闇を完全に退けることはできない。いま、自分たちが進んでいる道が里へ下りる正しい道なのかどうか確かめるすべもない。

ひとつに固まって歩いているのは不安だから。ひっきりなしにしゃべっているのも同じ理由からだ。ただし、建設的なことは誰ひとりとして口にしていない。

「引き返してるんだよな、おれたち。本当に、来た道、引き返しているんだよな」

「そのはずだけれど、でも、そろそろ里の明かりが見えてきてもよくはないか？　どこかで道を間違ったんじゃないのか？」

「おい、どうするんだよ、いったい。野宿なんてしたことないんだぞ」

「誰だよ、夜桜見物としゃれこもうなんて言い出したのは」

若者たちのひとりが思いっきり不機嫌そうな声でそれに応えた。

「ぼくだよ、悪かったな」

途端に他の四人が押し黙る。仲間たちを黙らせた少年は、多少険はあるもののなかなかの美形であった。

この顔のおかげで上司のおぼえもいい。加えて、家は裕福な実力者。自然と彼は仲間光行《みつゆき》には。

内で大将格となっていた。その他の四人はとても逆らえない。右近中将《うこんのちゅうじょう》の秘蔵っ子《ひぞっこ》、

彼らは全員、御所の警備を担当する近衛《このえ》の官人だった。しかし、平安時代も中期ともなれば実務は武士のほうへと移り、近衛は儀礼的な存在となって、祭りの使者や儀式での舞楽などを務めるようになる。

つまり、彼ら五人は武官とは名ばかりの貴族のボンボンなのだ。いつもは美麗な飾り太刀《たち》を腰に佩《は》いて偉そうに御所を闊歩《かっぽ》していても、慣れない山中で道に迷い、陽も暮れてしまったとなれば、この通り、甘ったれた地金が露呈してしまう。

それでも、光行はその他の四人ほど露骨におびえてはいなかった。眉間にぐっと皺《しわ》を寄せて、闇に閉ざされた道のむこうを睨《にら》みつけている。

「道は下りになっている。歩き続けていれば、絶対、里に着けるはずだ」

「でも、光行、もうずっと歩いているのに全然ってことは、やっぱり道を間違えたんじゃ……」

遠慮がちであったとはいえ反論されて、光行は整った顔にカッと血の気を上らせた。

「もし違っていたとしても、裏山の桜が見事だとぬかした、あの仁和寺の坊主が悪い！」

当人にしかわからない理屈で責任を他人になすりつけ、光行は松明を掲げ持った同僚の背中を乱暴に蹴った。

「さっさと歩けよ！」

とんでもない暴君だが、誰も文句ひとつ言わない。本格的に遭難してしまったのならともかく、あとのことを考えると、光行に逆らうのは得策ではないのだ。その他の四人は不機嫌に黙りこんだが、気まずい沈黙はふいに破られた。

「あれは！」

ひとりが指差す前方に、彼らの松明とは違う明かりが見えている。五人の若い近衛たちはいっせいに喜びの声をあげた。

「助かったぞ！」

へそを曲げていた光行も含め、われ先にと明かりに向かって走り出す。でこぼこの暗い山道、彼らは何度も転びそうになったが、ゆっくりしていてはあの明かりが消えてしまうと不安に駆られたのか、速度を落とすこともしない。

明かりは、近づいても消えずに彼らを待っていた。里の明かりではない。小柴垣《こしばがき》に囲まれた粗末な家屋がひとつきり。蔀戸《しとみど》がわずかながらあいていて、そこから中の明かりが洩れていたのである。

普段の彼らならば目にも留めないような小さな家だ。しかし、この状況では選《え》り好みなどしていられない。

代表して光行が声を掛けようとしたちょうどそのとき、蔀戸が内側から押しあげられ、中から女が顔を出した。

彼らよりもずっと年上、おそらく二十代も後半だろうか。夜目、遠目という効果が加算されているのかもしれないが、なかなかの美女だ。

五人の若者が呆然《ぼうぜん》と立ち尽くしてこちらを見ているのに気づき、女はハッとしたように袖で顔半分を覆った。そして、流し目。ぞくぞくと背すじが震えるほどなまめかしいまなざしだった。

「あの……」

光行も女の色香に気圧《けお》されて、言葉がうまく出てこない。もたもたしているうちに、蔀戸が閉まってしまう。見知らぬ男たちに警戒したのかもしれない。

「あ、あの……！」

五人があわてていると、家の遣戸《やりど》が開いた。出てきたのは残念ながらあの女ではなく、ごくごく平凡な容貌の水干姿《すいかん》の男だ。

「どうかなさったのですか？」

男が光行たちに問いかける。光行はいつもの横柄な調子を取り戻してそれに応えた。

「桜見物に出て道に迷ってしまったのだ」

「やはり、そうでございましたか。この季節にはよくあることです」

男はいかにもひとのよさそうな顔をして何度もうなずいた。

「さぞ、お疲れでございましょう。わたくしのあるじもこちらで休んでいかれてはいかがかと申しております。よろしければ、どうぞどうぞ」

もちろん、五人はこの申し出に飛びついた。「ありがたい、ありがたい」と口々に言いながら沓《くつ》を脱ぎ、ぞろぞろと家にあがりこむ。

家の内部は外見から想像できる通りに質素なものだった。何も珍しいものなどない。それでも彼らがきょろきょろと視線をさまよわせているのは、先ほど蔀戸から覗《のぞ》いた女が気になっていたからだ。

部屋に通されてしばらくすると、もうひとり水干姿の男が現れて羹《あつもの》（汁もの）の碗《わん》を運んできた。うまそうなにおいが部屋に漂う。近衛の貴公子たちは碗を受け取ると、ふうふうと息を吹きかけつつ熱い羹をすすった。具は少ないが、濃いめの味付けが疲れた身体《からだ》には嬉《うれ》しい。

「お口に合いますでしょうか」

「この程度のものしかありませんで、申し訳ありませんが」

低姿勢の男たちに、光行は珍しく上機嫌な笑顔を振りまいた。

「本当にありがたい。ぜひとも、こちらのあるじにご挨拶申しあげたいのだが。ひょっとして、先ほど蔀戸からお顔を覗かせていた女人《にょにん》では……」

「はい。その通りでございます」

「いったいどのようなかたなのかな。あの若さ美しさで、このように寂しい山中にお住まいとは……」

まさかこんな粗末な家に深窓の姫君など隠れ住んではおるまいが、あの美貌は気になる。他の同僚たちも同感らしく、興味津々といった様子で聞き耳を立てている。

あとから出てきた水干の男はわずかに苦笑して、もうひとりの男を振り返った。両者ともこれといって特徴のある顔立ちではないが、どこか似通っている。おそらく、兄弟なのであろう。

「いろいろと事情がございまして」

と、先に家から出てきたほう――兄のほうが応えた。

「そうなのか」

好奇心がうずきまくったが、光行はぐっとそれを抑えこんだ。

「では聞くまい。しかし、親切にしてもらった礼をあるじどのに直接、申しあげたいのだが」

「わかりました。しばらくお待ちくださいませ」

水干の男ふたりは光行たちを部屋に残して去っていく。仲間だけになった彼らは額を突き合わせ、小声でひそひそと話し始めた。

「どう思う？　ここの女主人って」

「どこかの貴族の愛人かも。けっこうな美人だったし」

「ぼくは受領《ずりょう》の後家とか、そんなところじゃないかと思うな」

「仁和寺の坊主の囲い者って線もあるぞ。光行はどう思う?」

羹の最後のひと口を飲み干して、光行はにやりと笑った。

「任せておけ。優しい言葉で相手の気持ちをくすぐってから、じっくりと聞き出してやるって。正直、年増《としま》は好みじゃないが、たまにはこういう趣向も悪くないだろう」

おおっと、その他の四人がどよめき、あとはもう、スケベ根性丸出しの会話に落ちてしまう。ところが、こんなに期待しているのに、待てど暮らせど女主人は現れない。

「遅いなぁ」

「うん、遅い」

「誰か、様子を見にいけよ」

そういう声もあがったが、誰ひとりとして立ちあがろうとしなかった。山道を延々歩いて疲れきっていたところに少ないながらも胃に食物が入ったのだ。強烈な眠気が彼ら全員に忍びよってくる。五人の若者が床板の上に転がって寝息をたてるまで、それほど長い時間はかからなかった。

やがて、静かに遣戸が開いて、例の男たちが部屋を覗きこんだ。

「寝たな」

「うん、寝た」

兄弟は互いに顔を見合わせてから、後ろを振り返る。

「首尾よくいったよ、母者《ははじゃ》」

「全員、ぐっすりだ」

母者と呼ばれたのはあの美女だった。どう見ても女のほうが年下、こんな大きな息子がふたりもいるはずがあるまいに、彼女は気にすることなく部屋の中へと進み出る。

正体なく眠りこけている若者たちをぐるりと見廻《みまわ》して、女は満足そうに相好《そうごう》を崩した。

「ようやった、三郎《さぶろう》、四郎《しろう》。さっそく、身ぐるみ剝いでおしまい」

女の指示を受け、男たち——三郎、四郎の兄弟は光行らの装束を脱がせにかかる。ふるまわれた羹に薬でも盛られていたのか、若者たちはそんな目に遭っていながら、まったく目醒《めざ》める気配がない。

「いいものを着ておるのう。しかもこんなに若くて丈夫そうな獲物が五匹もひっかかるとは、今宵《こよい》は大漁大漁」

女はおかしくてたまらぬというふうに袖で顔を覆って笑った。再び上げた彼女の顔を何気なく見た兄の三郎が、あっと声をあげる。

「母者、術、もう解けてる」

「おや、もう？　これ、四郎、鏡を持っておいで」

弟の四郎がすかさず差し出した鏡を受け取って、女は小さくため息をついた。

「おお……ほんに」

鏡に映っているのは妖艶な美女、ではなかった。

黒々としていた髪からは色素が抜け落ち、皺や染みがその肌に数多く散らばっている。身なりこそ若々しいものの、そこにいるのは白髪の老婆だ。これなら、男たちに母者と呼ばれてもなんの不思議もない。

「この程度しかもたなんだか。洛中《らくちゅう》一、霊験あらたかな巫女《みこ》と言われた辻《つじ》のあやこも落ちたものよ……」

苦々しげな微苦笑を頬に刻んで、女はつぶやいた。

そう――妖艶な美女とは術で作りあげた仮の姿、いまの白髪の老女こそ真実。ふたりの息子を従えて、都合のいい御託宣を振りまき日銭を稼いでいる市井の巫女、辻のあやこがその正体だ。そんなこととは露知らず、光行たちはうかうかと眠りこけ、身ぐるみ剝がされてしまったのである。

あやこは哀れな若者たちを見下ろして、ふんっと鼻を鳴らした。

「しかしまあ、若造のくせに鼻の下をでれでれとのばしおって。そのように浮ついておるから、こんな目に遭うんじゃ」

「そりゃあ無理ないよ。母者の化けっぷりは毎度ながらすごいもの」

と、三郎が剝ぎ取った装束を畳みながら、光行たちを弁護する。四郎も同じく、

「うんうん。あれなら、ちょっと怪しいな、大丈夫かなと思っていても、ころっといくね」

ふたりの息子に褒められて、あやこは恥ずかしがるどころか得意そうに胸を張った。

「それもそうか。その昔は、都の貴族から東国の武士《もののふ》まで、わしに惚《ほ》れぬ男はひとりとしておらなんだものなぁ。ほほほほほ、おーっほっほっほっ」

近くでどれほどの大声で笑われようと、光行たちは微動だにしない。目を醒ますどころか、あるおそろしい変化が彼らの身には確実に生じ始めていた。

二　新たな犠牲者!?

桜の花咲く山中に踏み惑ったのは、何も光行たち一行だけではなかった。

屈強な僧兵をひとり供に連れて、貴族の女がふたり、暗い山道を歩いていく。

「どうやら、迷ってしまったようね……」

そうつぶやき、薄紅色の被衣《かつぎ》の下から顔を起こしたのは深雪《みゆき》だった。弘徽殿《こきでん》の女御《にょうご》に仕えている彼女は今日は休暇をとり、友と桜見物に来ていたのである。

「これって遭難なのかしら？」

「このまま里に下りられないのなら、そういうことになりますかねえ」

そう返したのは市女笠《いちめがさ》をかぶった女のほうだった。

市女笠は貴族の女性が外出時に顔を隠すため用いたもので、笠の周囲に虫の垂衣《たれぎぬ》という薄い布が垂らされている。よって、深雪の連れの顔はおいそれと見ることはできない。

しかし、市女笠では隠しきれないものもある。六尺以上はあろうかという、その身の丈。隆々としたその筋肉。そして、女にしてはあまりにも低すぎるその声。

虫の垂衣をめくって覗かせたその顔は、人間にしてはあまりにも長すぎた。それも道理。馬なのだ。

ひとの身体に馬の頭、馬頭鬼《めずき》のあおえがまた性懲りもなく女装して、深雪とふらふら桜見物に出かけてきたのである。

「でもまあ、そんなに深い山でもなし、そのうちどこかにたどりつきますすよ」

あおえはお気楽にそう言い、深雪も「そうね」とうなずく。

「ひとりじゃないんだし、夜の山道も全然怖くないわ。最悪、野宿ってことになっても、あたりが明るくなれば里に帰り着けるでしょう。でもどうせ遭難するなら、素敵な殿方としたかったわ」

「ああ、確かにその設定、考えちゃいますよね」

「そうよ、こぼれんばかりに咲き誇る夜桜の下、道に迷った若いふたり……。闇に包まれた彼らをみつめているのは桜だけ……」

両手を合わせて顎の下に添え、深雪はうっとりとした表情で目をつぶる。その背中を、あおえが肘で軽くつついた。

「おやおや、深雪さん、何を想像してるんですかぁ？」

「ふふふ、そりゃあもう、あおえどのと同じこと想像してるわよ」

「うん、もう、深雪さんったら、オトナなんだからっ」

「いつまでもお子さまの夏樹《なつき》とは違うのよ～」

高らかにこだまする馬頭鬼と宮廷女房の笑い声に、頭上の梢《こずえ》で桜も震える。先に同じ道を、おびえながら進んでいた光行たち御一行とはえらい違いである。

ふたりの後ろから付き従っていた僧兵は額に手をあてて、大きく息を吐いた。

「毒されている……冥府の獄卒が……。やはり、ときどきは現《うつ》し世《よ》にやってきて、こいつの性根を叩《たた》き直してやったほうがいいんだろうか……」

彼は網代笠《あじろがさ》を目深にかぶっていたのだが、額に手をあてたためにそれが後ろへずり下がり、顔が露《あら》わになった。こちらは牛。ひとの身体に牛の首という取り合わせの牛頭鬼《ごずき》だ。

牛頭鬼のしろきは、馬頭鬼のあおえと冥府で肩を並べて亡者を責め立てていた同僚である。当人ははっきりとは言わないが、追放の身のあおえが心配で現し世を訪れたところ、ばったり深雪と出逢い、そのまま桜見物のお供に駆り出されたのであった。

馬頭鬼、牛頭鬼を供に従えての花見。道に迷って陽が暮れても、このふたりがいれば心強い。それでも、遠いかなたに明かりをみつけたとき、深雪は喜びの声をあげた。

「あっ、ほら、あそこ！　明かりが見えるわ！」

「あら、本当ですね」

「うまくいったら、あそこに泊めてもらえるかもしれないわ。ふたりとも、ちゃんと顔、隠してね」

深雪に言われるまでもなく、しろきは網代笠をかぶり直し、あおえも虫の垂衣の前をしっかりと閉じる。そうして、三人は山中に一軒ぽつんと建っている粗末な家に近づいていった。

明かりは、その家の蔀戸から洩れているものだった。造りがお粗末な割りに、小柴垣で囲われた庭には馬が五頭もいる。その馬たちを庭の杭《くい》に繋《つな》ごうとしていた水干姿の男が、深雪たちに気づいて顔を上げた。

「おや……」

夜の山中に突然、貴族の女ふたりと僧兵といった妙な組み合わせが現れたのだ。男が驚くのも無理はなかった。

「どうかしましたか？　もしかして、道に迷われたのですか？」

「ええ、まあ、その」

網代笠の下から、しろきはためらいがちに説明した。

「姫君たちのお供で、桜を見物しに山の中へ入ったのだが、道に迷っているうちに陽が暮れてしまって……」

深雪はともかく、あおえまで含めて姫君たちと称するには抵抗もあろうが、他にどうにも形容のしようはない。

「それはお気の毒に。花見のこの季節にはよくあることですけれど」

水干姿の男はなんの疑いも見せずに、ひとのよさそうな笑みを浮かべる。本当によくあることなのか、慣れている感じさえした。

「お疲れでしょう。さあ、どうぞ、おあがりくださいませ」

「よろしいのか？」

「はい。わたくしのあるじは、道に迷って難儀なさっているかたをとても見過ごしにできないかたでございますので」

まるでその言葉を肯定するかのように、五頭の馬がいっせいにいなないた。

いそいそと三人を奥の部屋へ案内《あない》したのは兄の三郎だった。母親のあやこ、弟の四郎はみつからぬよう、物陰に隠れて珍客を観察していた。特にあやこの目は、獲物をみつけた猛禽《もうきん》のようにらんらんと輝いている。

「おお、なかなか立派な体格の僧侶よの。あれなら絶対に高く売れるぞ。女のほうも、市女笠のほうがよいな」

「そうかなぁ。被衣姿のほうが美人だから、あんな大女よりずっとましだと思うけど」

「四郎」

息子の軽率さを嘆き、辻のあやこはちっちっと舌を鳴らして指を左右に振った。

「素材そのものを見るんじゃ。素材を。薬を盛ってからの変化を見越してな。どうせ、薬を使えば顔など変わってしまうんじゃから。あのガタイならば立派すぎる成果が得られようぞ。逆に、細っこい小娘にはなんの期待もできまいな」

「もったいない」

「まあ、確かに」

あやこは瞬間、考えこんでから、前言を撤回した。

「ふむ。では、あのでかいふたりにはいつも通りに薬を盛って、市場で高く売り飛ばす。しかし、若くてきれいな小娘はそのままにしておこうか」

「そのままにしてひと買いに売るのかい？　そいつはちょっと、阿漕《あこぎ》な気がするなぁ」

「いやいや、あのおかたに直接、差し出すのじゃよ」

「あのおかたに――」

はっきりと名前を口に出さず、『あのおかた』などともってまわった呼称を使う場合、まず間違いなくそれは陰の大悪玉である。善人だったためしがない。あやこたちの口ぶりからも、それは十二分にうかがい知れた。

「ほんにまあ、前の五人といい、こたびの三人といい、今宵は大漁すぎて怖いくらいじゃなぁ」

――まさか自分たちをネタにそのような物騒な会話がくり広げられているとは露知らず、深雪たちは部屋に通されて、ホッとひと息ついていた。

「助かったわね。やっぱり、屋根があるのとないのとでは大違いだもの」

「本当にそうですよねえ」

いそいそと市女笠を脱ごうとするあおえの手を、深雪はあわててはたいた。

「だめよ、笠をとっちゃ。その顔を見られたら、大ごとになっちゃうでしょ」

「あっ、そうでしたか」

「自覚が足らんぞ、あおえ」

網代笠をかぶったまま、どっかと床に腰を下ろしていたしろきがせせら笑う。あおえは厚い唇を子供のように尖らせて拗《す》ね、小声で文句を垂れながら市女笠の紐《ひも》を締め直した。

ちょうどそのとき、部屋の御簾が上がる。

「よろしければ、これを召しあがってくださいませ」

そう言いつつ、三郎、四郎が羹の碗を運んできた。ふたりは旅装を解かない大男と大女を不思議そうに見やった。

「あの、どうぞ、笠を脱いでくつろいでくださいませ」

勧められるのも当然だが、こればっかりは従うわけにはいかない。ひとたび顔を見られたら、化け物と罵られ、石を投げつけられて追われるか、気絶されてしまうかのどちらかが関の山だ。

「お気になさらないでくださいね。どちらもたいそうな恥ずかしがり屋なものですから。あらあら、すみませんわね。こんなご馳走《ちそう》までしていただいて」

注意をそらすためもあって、深雪はたっぷりと愛想を振りまく。御所での女房勤めで磨きに磨きをかけた猫かぶりだ。その笑顔は堂《どう》に入っている。若い娘に微笑《ほほえ》みかけられて、大のおとなの三郎がぽうっと頬を赤らめた。

「あの、あなたさまは、こちらの羹をどうぞ……」

「あらまあ、具がいっぱい。本当にありがたいわぁ」

露骨に贔屓《ひいき》された盛りに、深雪は演技でなく本物の笑顔になる。三郎はますます赤くなって「では、どうぞ、ごゆっくり」と口の中でもごもご言いつつ、弟といっしょに退室していった。

あおえ、しろきの手の中だと同じ碗でも小さく見える。それは錯覚だが、具の量に関しては明らかに違う。

「深雪さん、ずるーい」

「ちょっとやそっとの差で騒がないでよ」

しろきは無言で汁をすすっている。

具だくさんの羹をおいしくいただいて、身体もほかほかと温まる。心地よい眠気がゆっくりと忍び寄ってくるが、それが不自然だとは誰も思わない。

「花の闇に惑って思わぬところに身を寄せるってのも、いいわよね……」

そうつぶやいて、深雪は大きくあくびをした。


油が尽きて、部屋の燈台《とうだい》の火が消える。しかし、誰ひとりとしてあわてない。深雪も、あおえも、しろきも、ぐっすりと眠りこけていた。

寝返りひとつ打っていないのに、ぎしっと床板がきしんだ。御簾《みす》をそっと持ちあげて、部屋に忍んできたのは三郎と四郎だ。

「寝てるか?」

「寝てるよ」

薬が効いていることを確かめてから、暗い中、手探りで兄弟は進む。身ぐるみ剝ぐ前にと、彼らは燈台の火をともし直した。

再び明るくなった室内で、深雪はもとより、あおえもしろきも床にばったり倒れ伏している。侵入者の存在に気づいた様子はない。

「悪く思わないでくださいよ」

聞こえるはずもないのに、三郎は深雪にそう断りを入れた。

「こっちにも事情がありまして。まして、母者にはとてもとても逆らえず……」

「いいから、兄者、とりあえず、こっちのふたりの身ぐるみ剝がそう」

「ああ、そうしよう」

三郎がしろきの網代笠に、四郎があおえの市女笠に手をかけた。次の瞬間、あおえの太くたくましい腕がぶんっとうなりをあげて振りあがった。

「いやあぁぁ！　何するのよおぉぉ！」

気持ちだけは女のままだが、声は重低音。こぶしの威力も破壊的。四郎はそのこぶしをもろに顔面で受けとめてしまった。

「ふごっ！」

四郎の身体は軽く吹っ飛び、壁にぶちあたった。薄っぺらな壁板は、べきっと派手な音をたてて大きくひび割れた。

「四郎！」

驚いた兄が大声をあげる。

「どうした、どうした!!」

どたばたと足音高く、辻のあやこが飛んでくる。彼ら家族の絆《きずな》は堅い。

「なんなんだ、うるさいな……」

にわかににぎやかになって、目を醒ましたしろきがゆらりと身体を起こした。と同時に、網代笠が膝の上にずり落ちる。露わになったしろきの顔を見て、三郎があっと驚きの声をあげた。

「こ、こいつら、薬が効いてない！」

三郎はひっくり返っている弟の衿首《えりくび》をつかみ、部屋に駆けこもうとした母親を押し戻して、大声で叫んだ。

「逃げろ!!」

辻のあやこはくるりと方向転換して外へ走り出た。永年危ない橋を渡ってきた賜物《たまもの》か、危険を察知する能力には長《た》けている。そのあとから、火事場の馬鹿力を出した三郎が、四郎をひきずって続く。わあわあとわめきたてる声と逃走の足音は、あっという間に遠のいてしまった。見事な逃げっぷりとしか言いようがない。

「何がどうして、どうなったんだ……？」

まだ半分寝ぼけているしろきがつぶやいた。あおえも絶妙の間合いで必殺のこぶしを放ったものの、牛頭鬼と同様、頭の中にはまだ紗《しゃ》がかかっている。

「さあ……？　なんだか、不埒者《ふらちもの》に襲われかかった夢を見ていた気がするけれど……」

周囲のにぎやかさに安眠を妨害され、深雪までもが目を醒ました。

「何よ、もう……うるさいわねえ……」

長い髪を掻《か》きやって、だるそうに頭を起こす。あおえとしろきを見やった次の瞬間、彼女はひゅっと大きく息を吸いこんだ。

そのまま固まってしまっていたが苦しくなり、息を吐き出すとともに深雪は絶叫した。

「どうしたのよ、その顔！」

喉も裂けよとばかりに叫んだのも道理。深雪の目の前にいるふたりは、もはや以前の馬頭鬼と牛頭鬼ではなくなっていたのであった。

三　四大美形大集合！

一条《いちじょう》の邸の庭にも、桜の木が一本あった。まだ三分咲きといったところだが、枝によってはほのかに紅を含んだ花を満開にさせているものもある。

夏樹はこの家のあるじ、一条とともに簀子縁《すのこえん》にすわって、ささやかな花見としゃれこんでいた。

「風流だなぁ……」

一条はともかく夏樹は下戸《げこ》なので、酒は出ていない。それでも、今日の肴《さかな》は極上。春を謳歌《おうか》する桜の花と、一条の艶姿《あですがた》がそれだ。

一条は簀子縁の勾欄《こうらん》を脇息代わりにもたれかかり、烏帽子もかぶらずに髪をそのまま肩に垂らしていた。身につけている桜襲《さくらがさね》の狩衣も衿を大きくゆるめているが、だらしないとは映らない。それはやはり、彼のまとう空気がなせるわざだろう。

肌の透明感を際立たせる、自然に色づいた唇。くせのない長い黒髪はさらさらと春風にそよぐ。そして、琥珀《こはく》色の神秘的なまなざし。

ただ美しいだけの少年ではない。不思議な能力を有した陰陽生《おんみょうしょう》という点も、余人とは明らかに違う印象を与える。

が、友人である夏樹にはそんなことはどうでもよかった。ただ純粋に、桜と友人の美しさに目を喜ばせ、春の心地よさに酔いしれる。うららかな春の、極上の一日。

その夏樹自身も、当人にまったく自覚はなかったものの、一条に劣らず目に喜ばしい存在だった。

こちらは慣習に従って髪をきっちりと結い、立烏帽子《たちえぼし》を頭に載せている。普段着である狩衣の衿もとも、自分の家でくつろいでいるのではないのだから特に乱れはない。それは堅苦しさではなく、彼の純粋さを表していた。

一条とはまた違った趣きの整った容姿。男装の美姫《びき》かと見まごうばかりの友人を桜に譬《たと》えるなら、夏樹はみずみずしい緑の葉を繁らせた花橘《はなたちばな》の木だろうか。

桜の塩漬けを浮かべた白湯《さゆ》をすすり、夏樹は満足げにつぶやいた。

「あおえがいないと静かでいいなぁ」

「まったくだ」

一条も深くうなずく。

「で、あおえはどこ行ったんだ？」

「昨日、おまえのいとこどのが来て連れ出してくれた」

「深雪が連れ出した？」

初耳だったので夏樹は驚いたが、すぐに「ああ」と納得した。

「そういえば、昨日、深雪が来てたって桂《かつら》が言ってたか……。たまたま留守にしていたんで逢えなかったけど、そうか、こっちに来たんだ」

「仁和寺の桜が見事だとかで、花見の連れが欲しかったらしいな。こっちにもたまたま、しろきが来てたんで、それもまとめて連れていった」

「しろきまで？　それはまあ……」

宮廷女房に馬頭鬼と牛頭鬼。すごい組み合わせだなと思ったが、夏樹は白湯といっしょに言葉の続きを飲みこんだ。

「彼女のおかげで家が広くなった」

「ま、確かに」

一条ひとりで暮らすにはこの邸《やしき》は広いが、でかくて、ごつくて、たくましい冥府の鬼がふたりもいると、やはりうざったくてしょうがないのだろう。まして、しろきはともかく、あおえのあの口調で四六時中しゃべられては春の情緒もあったものではない。

「でも、昨日ってことは、そのままあっちで泊まったのか。大丈夫かな？」

「あおえはいつもながら市女笠をかぶっていったし、しろきも僧兵の恰好《かっこう》で顔を隠していたから心配ないだろ。いとこどのの護衛としても、あのふたりなら最適だからな」

「冥府の鬼なんだよな、あれでも……」

ふたりそろって苦笑する。そんな穏やかなひとときも、外から聞こえてきた深雪の声で打ち破られた。

「一条どの！　一条どの！」

一条はげんなりした顔を夏樹に向けた。

「いとこどのが戻ってきたらしい」

夏樹も似たような表情になる。

「しかもあの様子だと……いやな予感がすごくすごくするなぁ」

夏樹の予感は当たった。

角を曲がって、ふたりがなごんでいた簀子縁に突如乱入してきた深雪は、はあはあと肩で息をしていた。彼女らしくない取り乱しようだ。

災難の気配を濃厚に感じ取って、夏樹は無意識に唇を歪《ゆが》めた。普段なら、こういう変化を深雪はめざとくみつけて「何よ、その顔」と夏樹につっかかっていくのだが、そんな余裕もありはしない。

「大変なのよ！」

そう叫ぶや、くるりと背を向け、もと来たほうへ走っていく。そしてすぐに、市女笠をかぶった人物と僧兵とを引っぱって戻ってきた。恰好からして、あおえとしろきに違いあるまいが、どこか違和感がある。

深雪はふたりを夏樹たちの前に投げ出し、「見てよ、これ！」と大声で吼《ほ》えた。簀子縁に転げた勢いで、市女笠がはずれてしまう。途端に、

さらっ……

と、笠の下から金色の長い髪がこぼれ落ちた。

きらきらきら……

夏樹は白湯の碗を手にしたまま、呆然とその輝きをみつめていた。

初めて見る色合いの髪。淡い淡い金色のそれは、白金《しろかね》をそのまま細い糸として紡いだかのようだ。金の髪を掻きやって身を起こした人物は、この世の者とも思われぬ美しさを具現していた。

一条よりも白く透き通るような肌。高い鼻梁《びりよう》に、形のよい唇。長いまつげを戸惑いがちに震わせて、こちらをみつめ返す瞳の色は湖のごとき深い青だ。

身にまとっているのは女房装束。まごうことなく相手は男性だったが、これほどの美形ともなると少しも奇異に見えない。むしろ、金の髪と白い肌に紅の衣がよく映える。

美形の友人を見慣れている夏樹も、これほど完璧な造形美を提示されては絶句するしかなかった。一条ですら驚愕《きようがく》を隠しきれずにいる。

そのとき、たくましい僧兵がため息をつきつき身体を起こした。彼は網代笠を自分で取って脇に置く。

こちらの髪はかなり短く、金色でもない。しかし、夏樹も一条も、またもや驚きに息を呑《の》んだ。それもまた、初めて見る色合いの髪だったのだ。

短いながらも細かく波打っているその髪は、完全なる白銀。老人の白髪とは明らかに異なり、銀《しろがね》のきらめきを帯びている。眉は太いが、目は切れ長。漆黒の鋭い眼光は鋭利な黒曜石《こくようせき》を思わせる。

肌の色はもうひとりの男ほどではないがやはり白く、彫りも深い。が、弱々しさは微塵《みじん》もなかった。むしろ、その逆。精悍《せいかん》な容貌は僧兵の装束と相まって、彼の強さ、たくましさをより強く印象づけている。めったにお目にはかかれない、格闘技系の美形なのだ。

こんな特上美青年をふたりも、深雪はいったいどこでひっかけてきたのだろうか。

「あの……どちらさまで……」

ようよう喉から押し出した夏樹の問いに、金髪碧眼《へきがん》の青年は、どこかで聞いたような低音で応えた。

「夏樹さん……」

夏樹は、現実から逃避するように顔をそむけて白湯をすすった。

「ああ、夏樹さん！　夏樹さん！　お願いですから無視しないでくださいよおぉぉお!!」

がばりと抱きつき、たくましい腕でぐいぐい締めつけてくる。とんでもない怪力だ。

「ぐおおおおっ!!」

この感触は忘れようとしても忘れられない。夏樹の身体がしっかりとおぼえている。

「あ、あおえ……！」

夏樹の叫びに反応して、それまでずっと黙っていた一条が突然立ちあがった。金髪の青年と銀髪の僧兵を指差して大声で宣言する。

「波斯人《ペルシヤ》だ！」

言われたほうはきょとんとしている。にもかかわらず、一条は力強く断言する。

「波斯人だ！　波斯人だ！　波斯人だ！　それ以外、おれは認めない!!」

「ちょっと待ってよ」

異議を唱えたのは深雪だった。

「おそれずに現実を直視してよ。こっちの超絶美形はあおえどのでっ！」

大きく腕を振り廻して、深雪は金髪の美青年を指し示す。それから、銀髪のほうも指差す。

「こっちの格闘技系はしろきどのなのよっ！」

「あり得ない!!」

深雪に負けぬよう、一条はさらに声を張りあげた。

「これは波斯人だ！　文献で読んだんだ、遥《はる》か遠い西の国には金だの銀だのの髪をした、肌の白い人間が大勢いるんだ！」

「違うってば！　気がついたら、馬頭鬼と牛頭鬼が完璧に人間になってたのよ！」

「波斯人だ！」

ぎゃあすか、ぎゃあすかと怒鳴り合うふたりの勢いに圧されたのか、夏樹を抱きしめている腕の力もゆるむ。夏樹は大きく息をつき、間近にある青年の顔をじっと観察した。同性であっても――惚れ惚れとしてしまう美貌。さらさらの金の髪が、風にあおられ頬をくすぐっていく。たったそれだけでも、夏樹の心臓は激しく躍り出す。しかし、この腕の力は、この胸板の感触は、

「……あおえ……」

息も絶え絶えに夏樹がつぶやくと、言い争う深雪たちを不安げに見ていた青年がこちらを振り返った。

「はい？」

問いかけとともに、わずかに細められた青い瞳。唇にうっすらと浮かんだ微笑。力強さと繊細さが危うい均衡をとりつつ同居する長い指が、夏樹の頬を優しく撫《な》でる。

「なんですか、夏樹さん？」

夏樹は死にそうになった。が、彼が鼻血をしぶいて絶命するより先に、門扉のほうで大声をあげた者がいた。

「もうし！　隣の家の者でございます。夏樹さまはいらっしゃいますか？」

聞こえてきたのは、乳母《めのと》の桂の声だ。彼女の養い子の夏樹と深雪は、瞬時に硬直した。どうしてまた、よりによってこんなときに、陰陽師《おんみようじ》嫌いの桂が一条宅を訪問しような

ど思い立ったのか。

「隠しても、こちらにいらっしゃるのはわかっておりますのよ！　不躾《ぶしつけ》ながら、お邪魔させていただきますわ！」

礼儀正しい桂にはあるまじきことだが、応対を待たずにずかずかと邸にあがりこんでくる。前々から自分の養い子が隣家の陰陽生と交際しているのを腹立たしく思っていた彼女だけに、ついに堪忍袋の緒を切らしてしまったのだろう。大騒ぎしていた夏樹たちの声が、もしかして隣にまで筒抜けで、桂の怒りの導火線に火をつけた可能性もある。

「あ、お客さまのようですね」

能天気なあおえは夏樹を解放すると、いつもの調子で訪問客の応対に出ようとする。

「待て、あおえ！」

夏樹が止めようとしたが遅かった。簀子縁で、桂とあおえがばったりと鉢合わせする。

その瞬間、時が止まった。

桂は突然目の前に現れた金髪碧眼の青年を見上げて、立ち尽くしている。先ほどの勢いはどこへやら、口と、寄る年波で視力のかなり落ちた眼《め》を全開にさせて。春の明るい陽射《ひざ》しと、それを反射する輝く髪のおかげで、桂にもあおえの姿がはっきりと見えたのだ。

あおえは呆然としている彼女に少し戸惑い、相手を安心させようとしてか、柔らかく微笑んだ。

そのとき、いたずらな春風が白金の髪を乱した。

「あっ……」

乱れた長い金髪を、耳の後ろからあおえが掻きあげる。筋肉質だがしなやかな腕から、細い髪がはらはらとこぼれ落ちる。繊細な金の糸、遠い異国の調べを奏でる竪琴《たてごと》の弦のように。

この時代にはまだ伝わっていないはずの沈丁花《じんちょうげ》の花が、香りが、ふたりの間を満たしていく。

そんな、世界が急に塗り替えられたような、それでいてうららかな、不思議な春の一日であった。

四　砂を吐くひとびと

「いったいどうして、こんなことに……」

夏樹はそうつぶやいては、ため息をこぼした。これでもう何度目のため息になるだろうか。

「それがわかったら苦労はしない」

一条がそう言葉を返し、友人と同じようにため息をつく。

ふたりが嘆くのも無理はない。あのあおえが、あのしろきが、光り輝くような超絶美形となって帰ってくるなどと、誰が想像し得ただろうか。

夏樹は完全に人間となった馬頭鬼、牛頭鬼にちらりと視線を投げた。彼らのそばには深雪と桂がぴったりと張りついている。楽しげに声を弾ませて、美形と化した鬼たちにさまざまな衣装をとっかえひっかえ着せているのだ。

「やっぱり、金の髪には明るい色が映えますわねえ」

「そうよねえ。お肌も白いから、ほんのちょっとの紅の濃き薄きでも際立っちゃうわぁ」

女ふたりに賞賛の言葉を浴びせられつつ、あおえは紅の女房装束を着せられて、恥ずかしそうに目を伏せてすわっていた。夏樹とて認めたくはないが、彼女たちの言う通り、濃淡の異なる紅色の袿《うちぎ》を幾枚も重ねた装束が、めまいがしそうなほど似合っている。

いちばん上に重ねた濃い紅の袿に、白金の髪が扇のように広がっている。伏せたまつげも髪と同じ色で、その下から覗くのは深い青のきらめき。まさに湖水の青をたたえたつぶらな青い瞳だ――常日頃、あおえ本人が自画自賛していた通りに。

夏樹は顔をそむけて秘《ひそ》かに泣いた。砂を吐くような、どうしようもないやるせなさが胸をふさぐ。きっと、それは一条も同じだったろう。

「ったく、ひとの家で着せ替え人形ごっこなんぞ始めて」

一条は小声で文句をたれつつ、深雪と桂を見やって苦々しげに顔を歪めている。

「申し訳ない」

「おまえが悪いわけじゃない」

慰め合っている夏樹たちを無視し、深雪と桂は次の獲物にとりかかる。

「しろきさまはなかなか難しいですわねえ」

「素材は一級なんだけど、髪が短かすぎてねえ。直衣《のうし》や狩衣が似合わないのよねえ」

しろきは僧兵姿のまま、片手で頭を支えて床に寝転んでいる。注目されても、むっつりとした表情をくずさない。が、その媚《こ》びないところがきつめの容貌にしっくりくる。

「かといって、あおえどのとは違って女装は苦しいし……」

深雪のつぶやきに対し、しろきは眉をぴくりと動かして嫌悪を表した。

「ごめん蒙る《こうむ》」

ぶっきらぼうな物言いに、女性ふたりはそろって黄色い歓声をあげる。

「しろきどの、かっこいい！」

「たまりませんわ！」

「やっぱり、しろきどののこの雄々しさを生かすには僧兵姿しかないわね。ついでに裾とか袖とか、もうちょっと引き裂いて荒々しさを強調したいところだわ」

「荒法師が凶賊どもと一戦を交えた直後、という設定でございますわね？」

「その通りよ、桂！」

「でしたらば、香木で作られた大きめの数珠などを首から下げられてはいかがでしょう」

「いいわね、それ。ついでに錫杖《しやくじよう》も、もっとじゃらじゃら輪っかがついたやつを持たせたいわ」

「網代笠をさっと投げ捨ててから、その錫杖を大きくひと振りなさるのですね！」

「相手を険しい目で睨みつけ、気合とともに放つ必殺技の名前も欲しいわね」

「くだらん」

しろきは短くつぶやいて、腕を後ろに廻し、おのれの尻を袴《はかま》の上からぼりぼりと掻いた。途端に深雪から文句がつく。

「だめよ、しろきどの。美形はお尻をぼりぼり掻いてはいけないの」

「かゆいから掻いた」

「だめっ。美形はお尻を掻いてもだめだし、鼻をほじくってもいけないの！　美形に許されるのは、百歩譲っても、耳の穴を小指でほじくって爪の先にくっついた耳垢《みみあか》をふっと吹き飛ばすところまでよ」

「深雪さま、わたくしはそれすらも許されないと思いますわ」

妙に細かいところで桂が自分のこだわりを披露する。口調は穏やかだが、一歩もひかぬぞという意気込みがその表情からうかがえた。

陰陽師が大嫌いで、今日こそはひと言言ってやるぞと威勢よく乗りこんできたはずの彼女が、あおえと視線を合わせた途端にころりと変わってしまったのだ。一条の知り合いで、遠い異国、波斯からの客人という苦しい説明を疑いもしない。少女のようにきらきらと目を輝かせて、あおえとしろきの美貌にひたすら魅入っている。

もとが馬だと知っているだけに、見ている夏樹はつらい。いっそ真実を桂に教えてやりたいが、そうしたところで彼女は信じてもくれないだろう。が、黙って見ているのも、そろそろ限界だ。

「桂、あのさ、お客さまがたも長旅で疲れていらっしゃるから。衣装合わせもそのへんにしようよ」

たまりかねた夏樹が乳母に勧める。桂は不満たっぷりの様子だったが、とてもありがたいことに、ここでごねては大人げないと考え直してくれたらしい。

「まだしばらくは、こちらにご滞在なさるのでございましょう？　よろしければ隣の邸にもいらして異国のお話などを聞かせてくださいましね。ねっ」

何度もあおえたちにそう言って名残惜しげに去っていく。こちらの邸に乗りこんできたときとは別人のようだ。これをきっかけに一条とも打ち解けてくれたらと夏樹は淡い期待をいだいたが、おそらく期待だけで終わるだろうと本人にも予想はついていた。

深雪はくすくす笑っている。

「桂があんな面食いだったなんてね。でも、よかったじゃない。桂の怒りの矛先がそれて。これで夏樹が一条どのともっと遊びやすくなるといいんだけど」

夏樹が期待しているのと同じことを彼女も考えたらしいが、

「まず無理でしょうね」

たどりついた結論も同じだった。

「そんなにいいものなのかね、この顔は」

疑わしげにつぶやいたのはしろきだった。彼は端整な顔をしかめ、さっき尻を掻いていた手で顎をさすっている。

「角《つの》もないし、皮膚の手触りも悪い。人間になるのも窮屈なものだぞ」

しろきのぼやきに、あおえが曖昧に微笑む。

「本当に……きれいな衣装を着せてもらって褒めそやされるのは嬉しいんですけど、なんていうか、こう……」

あおえは右手を顎の下に添え、指を動かす。

「顎にさわろうとしても、顔の長さが違ってるから空振りしちゃうんですよね」

ふうっ……と物憂げにため息をつく。以前のあおえだったら、そんなものはただの馬の鼻息にすぎなかった。が、いまは。

ため息も、花の甘い芳香を含んだ春のそよ風——

夏樹と一条は、ざあざあと砂を吐いた。もちろん、実際に吐いたわけではなく彼らの心情的な比喩表現であるが、奥歯の上でじゃりじゃりと砂の細かな粒子が転がっているような錯覚まで生じる。

「おまえたち、こんなことになった心当たりはないのか！」

一条が噛《か》みつかんばかりの勢いでもっともな疑問をぶつけると、深雪が彼らに代わって返事をした。

「やっぱり、仁和寺の裏山の家にいた連中が怪しいと思うの。何かの術を使って、あおえどのたちを人間にしたとしか考えられないもの。あわてて逃げたのがその証拠よ。ただ、なんでそんなことしたのか、動機がわからないんだけどね」

「じゃあ、それを探りに行くべきだな」

一条はためらいもなく、そう言った。

「いっしょに来てくれるんですか、一条さん？」

期待に目を潤ませるあおえに、一条は噛みつくように応えた。

「こんなやつらに、おれの邸でごろごろされてはたまらないからな！」

こんな美形に自宅でごろごろされれば、いい目の保養になるはずだが、一条にとってはそうでもないらしい。

しろきが、のそりと身体を起こした。

「おれも行く。この姿では冥府に戻れんからな」

「行こうよ、行こう」

あおえはにこにこ顔で手を大きく左右に振った。

「やっぱり、馴染《なじ》んだ自分の顔のほうがいいですもんね」

「もったいないわねえ」

深雪はしきりに「もったいない、もったいない」とくり返していたが、強く反対もしなかった。馬だろうが牛だろうが、やはり自分自身の顔がいちばんと、彼女も納得しているのだろう。

「わたしはもう御所に戻らないといけないけど、どうなったかはちゃんと教えてよね。万一、顔が戻らなかったら、それはそれで対処を考えるから」

「対処法があるんですか？」

怪訝《けげん》そうなあおえに、深雪は自信たっぷりにうなずいた。

「任せなさい。あおえどののその顔なら、何をやったって食いっぱぐれはないわ。市場に立っているだけで、ひとは寄ってくるでしょうし、そこでひと指し舞うとか、力自慢を披露するとかすれば、みんな大喜びよ。仕官の話だって、むこうから転がりこんでくるかもしれないし、なんだったら、わたしが口添えしてもいいわよ」

そんなふうにうまくいくだろうかと夏樹は大いに不安になったが、あおえは微塵も疑わずに感激の涙まで浮かべる。

「ありがとうございますぅぅ。それで、夏樹さんは？」

「ぼく？」

「ここまで話を聞いたんですもの、いっしょに来ますでしょう？」

夏樹は、あおえばかりか、みなの視線が自分に集中していることに気づいて動きを止めた。何も言われずとも、期待されているのはよくわかった。特に一条からは、『自分だけ貧乏くじを引くのはまっぴらだ。来い』との強い圧を感じる。

「じゃあ……ぼくも行こうかな」

そう言わざるを得ない雰囲気だった。

五　桜花襲来

かくして、夏樹と一条、そして人間になった馬頭鬼と牛頭鬼は連れ立って仁和寺へと足を運んだ。怪しい家があったという裏山に入る前に、寺の僧侶から周辺情報のひとつでも聞き出せたらという腹づもりが彼らにはあったのである。

が、山門をくぐった途端に夏樹は思いもよらぬ人物をみつけて固まってしまった。

墨染めの衣の僧侶と語らっている男がいる。装束は直衣。顎から頬にかけては、いかにも堅そうな髭《ひげ》に覆われている。

（あの髭は――）

夏樹はくるりと方向を変えたが、時すでに遅かった。向けた彼の背に、髭の人物のお声がかかる。

「おお、将監《しょうげん》――ではなくて、新蔵人《しんくろうど》ではないか！」

新蔵人は夏樹の官職名。右近《うこん》の将監は、その前に就いていた官職名だ。ここまではっきりと言われてはひと違いのふりもできない。

夏樹は苦い吐息を飲み下し、観念して振り返った。

「右近中将さま……」

かつての上司に弱々しく微笑みかける。無理をして作ったのがありありとわかる笑顔。一条は友人の顔を横目で見やって、わずかに肩をすくめ、「お気の毒に」と声に出さずに意思表示する。

そうなるのも道理。夏樹の昔の上司、右近中将には若くてかわいい男の子が大好きという嗜好《しこう》があった。夏樹は当初、それを知らず、上司が自分に何かと親切にしてくれるのは父親がいろいろと贈り物をしたせいだと信じて疑わなかった。結果、油断して、彼に唇を奪われてしまったのである。

夏樹の初めての口づけ。哀《かな》しいことに、その相手が、あの髭づらの右近中将。

直後に職場が近衛から蔵人に替わったため、それ以上のことは起こらずに済んだが、もしあのまま近衛に在籍していたら、さて、どうなっていたやら。

夏樹の気も知らずに、右近中将はとてもとても嬉しそうな顔をして駆け寄ってくる。

夏樹は逃げ出したい気持ちをぐっと抑え、棒立ちになって冷や汗をだらだら流した。

抱きつかれることも覚悟していたが、幸い、そこまではならず、右近中将は寸前で立ち止まった。それはきっと、夏樹の連れたちを気にしていたからであろう。

「久しぶりだな、新蔵人よ。今日はまた、いったいどうして仁和寺へ?」

「はい……こちらの桜が見事だと、いとこから聞いてきたものですから……」

「なるほど、それで友人たちと、ということか」

右近中将が興味津々の視線を一条に向ける。心得たもので、一条は御所でよく見せるような近寄り難い微笑を浮かべてやり過ごした。

とびきりの美形ではあるが、一条は右近中将の好みからすると完璧すぎたのか。いや、あとのふたりが目立ちすぎるのだろう。一条にはそれほど長く視線をとどめることもなく、右近中将はあおえとしろきのほうへ関心を移す。

七尺近いような大男、大女。かたや網代笠、かたや市女笠で美貌を隠しているものの、このでかさだけで充分ひと目をひいてしまうのだ。

「こちらは？」

「……友人です……」

　他に言いようがない。

「ほう、ずいぶんと体格のいい。新蔵人とはどういう……」

「右近中将さまも桜を見にいらっしゃったのですか？」

　あおえたちから注意をそらさせるため、あせって投げかけた質問に、右近中将は眉宇《びう》を曇らせた。

「いや、そうならよかったのだが、ちと困ったことが起こってな。実は、近衛の若い者たちが……おぼえているかな、光行たちのことだが、彼らがこちらの裏山に入ったまま、帰ってこなくなったのだよ」

「光行どのが？」

　近衛にいたとき、夏樹をさんざんいびってくれた同僚の筆頭格だ。性格は悪かった。が、仁和寺の裏山程度で遭難するほどの馬鹿ではなかった気がする。

「それはいつのことでございましょうか」

「昨日だ。同僚たち五人で桜を見に裏山に入ったらしいのだが、今日になっても戻らないと光行の家の者たちから連絡があってな。いったいどうしたことかと、こちらの導円《どうえん》どのに話をうかがっていたのだ」

先ほど右近中将と話をしていた僧侶が、軽く会釈をしてきた。年の頃は四十を少し過ぎたくらいか。理知的な顔だちの中でも高い鼻梁が特徴的だ。

「まさか、近衛の官人たるもの、仁和寺の裏山程度で行き倒れることもないとは思うが……」

右近中将は本気でその可能性を考えているかのように重いため息をついた。

光行は性格は悪くても顔はなかなかよく、右近中将の大のお気に入りであった。彼に加え、近衛の若い連中が四人もまとめていなくなったとなれば、上司として気が気でないのだろう。

夏樹は一条と顔を見合わせた。

あおえたちの馬づら牛づらが変わったことといい、光行たちが消えたことといい、仁和寺の裏山には何かあるのかも――

一条も同じように考えていると、表情を見ただけでわかった。しかし、それをいまここで明かして、右近中将と行動を共にするのは激しく抵抗がある。悪いひとではないのだが……。

「おそらく、光行どのたちは道に迷われたのでございましょう。無駄に歩きまわるよりは休んでいたほうがいいと判断されて、野宿されたのかもしれませんよ」

「そうであればよいが」

「あるいは、すでにご自宅へ向かわれておられるやもしれません。三日、四日と長引いたのでしたらともかく、光行どのも立派なおとなですし、いろいろ立ち寄る場所もありますでしょうし」

穏便に、穏便に。そう願って、夏樹は言葉を続ける。

「確かに、いまはまだ、騒いで事を大きくするのは早すぎるか」

「そうですとも。あまり、お気になさいますな。ではでは、わたしはこれで……」

気力で笑顔を維持しつつ、夏樹は一条たちといっしょにその場を離れた。本当は走ってでも逃げたかったが、あくまで自然体を装って。

右近中将はもっと話をしたそうな雰囲気だったが、他人の目を意識してか、追いかけてはこない。助かった、と夏樹は心底ホッとした。

「あの坊主、ずいぶんと鼻が高かったな」

唐突に一条がつぶやく。彼は右近中将よりも、導円と名乗った僧侶のほうが気になったらしい。

「異国の血が混じっているのかもしれない」

「異国って、どこの？」

「さあ。西のほうかな」

唐《とう》へと向かう遣唐使の制度も廃絶され、大陸との交流も少なくなったが、まったく途絶えたというわけでもない。この時代、波斯のような遥かな西の国の知識も、胡《こ》の国という大ざっぱな感覚ながら、少しは伝わってきている。

「だったら、わたしたちだってこんなふうに笠かぶらなくっても、胡人《こじん》で通せるからいいじゃないですか」

あおえが不満たらたらの口調で抗議し、市女笠を取ろうとする。すかさず、一条が虫の垂衣をつかんで阻止した。

「おまえらは別だ。いくらなんでも、その髪じゃ目立ち過ぎる。せめて山に入るまで我慢しろ」

「じゃ、そうさせてもらいます」

ある意味、一条からお許しをもらったような形になって、裏山に入り周囲にひと目がなくなるや否や、あおえはもとよりしろきも笠を取った。

「はあ、やっぱり楽ですわぁ」

「同感だな」

ふたりとも、それぞれの笠を小脇にかかえて、咲き誇る樹上の花を見上げる。

山では桜が満開だった。はらはらと散り急いでいる枝もある。あおえの金の髪に、しろきの銀の髪に、まとわりつくのは薄紅色の花びらたち。

「やっぱり、きれいですねえ」

しろきはただ見上げているだけだが、あおえは両手を広げ、桜の木の下でくるくると旋回し出した。袿の裾が翻って、見たくもない男のふくらはぎがちらちらと垣間見《かいまみ》える。

「あおえ、脚が見える」

夏樹が指摘すると、あおえはうふっと笑って肩をすくめた。

「もう、夏樹さんったら」

右近中将なら大喜びしたかもしれないが、夏樹はそんな気にもなれない。一条もそうなのだろう。

「浮かれてないで、早く例の家に案内《あない》しろ」

と、唐突に怒鳴る。その気持ちが夏樹にはよっく理解できた。

桜の山を奥へ奥へと進んでいくと、やがて、馬のいななきが聞こえてきた。途端に、あおえたちの足が速まる。

「そうそう、思い出した。あの家、馬を飼っていたんです。きっと、あっちですよ！」

馬のいななきを頼りに先を急ぐと、話に聞いていたような小さな家が見えてきた。小柴垣の内側では、馬が五頭、繫がれている。どれも毛並みのいい、若い馬だ。市に連れていったら、さぞかし高い値がつくに違いない。

馬は夏樹の顔を見ると、なぜか興奮して声高にいななき出した。特に、いちばん見栄えのいい白馬《はくば》が前脚を振り立てて大騒ぎする。繋がれていなければ、彼めがけて襲いかかっていたかもしれない。

「なんなんだ、この馬たち……？」

夏樹は首を傾《かし》げた。自分は理由もなく動物に嫌われるたちではないと秘かに思っていただけに、自信を喪失してしまいそうだった。

「おなかが空《す》いて気が立ってるのかもしれませんね。餌をあげてみましょうか」

あおえが両袖をまくりあげ、たくましい腕を剝《む》き出しにして飼い葉桶《おけ》を運んできた。夏樹もさっそく餌やりを手伝う。しかし、馬は飼い葉に見向きもしない。例の白馬などは激怒しているようにも見えた。

その間にしろきと一条は家に上がりこみ、中を調べたが、ふたりとも首を横に振りながら戻ってきた。

「だめだ。もぬけの殻だった」

と、しろき。一条は眉間に皺を刻んで低くうなる。

「ますます怪しいな。こんな高く売れそうな馬をほったらかしていなくなるとは……。いったい、この家の連中はどこに行ったんだ？」

結論から言うと、実は近くにいた。

用心深く距離をとって、桜の大樹の後ろから一条たちをうかがう者たち。年相応の姿に戻った辻のあやこと、そのふたりの息子、三郎と四郎だ。

「どうして、あいつらがここに来るんじゃ」

　以前、夏樹と一条に巫女としての尊厳を傷つけられた苦い経験のあるあやこは、彼らの姿を目にしただけで過去の一件を思い出し、鼻息も荒くなる。しっかり捕まえていないと、無謀にも飛び出して喧嘩《けんか》をふっかけかねない剣幕だ。

「そうか、あやつら、わしの大事な馬を横取りしようという魂胆じゃな。おのれ、そうはいくものか！」

「母者、声が大きい」

「そうだよ、落ち着いて落ち着いて。幸い、まだこっちには気づかれていないんだからさ。穏便に済ませようよ」

　ふたりの息子になだめられ、老いた母親は小声になったものの、憤懣《ふんまん》やるかたなく桜の幹にがりがりと爪を立てた。

「なんと運が悪いのか。昨日の獲物を回収しようと来てみれば、よりによってあいつらと出くわそうとは……しかし」

　あやこの目が不気味に底光りする。よからぬことを思いついたらしい。

「あれは、なかなかと思わぬか？」

　彼女が指差したのは、金色の髪の美女――に見えるあおえだった。

離れているために、たくましさがいまひとつ伝わらず、どうしても美貌のほうに目が行ってしまう。しかも女装しているのだ。女と間違えても無理はない。

「あれだけの美形、あのおかたのもとへ連れていったら、昨日の失敗も忘れてもらえるというもの。いやいや、異国のおなごのようじゃし、そんな珍しい獲物を捧《ささ》げたら、失敗が帳消しになるどころか逆に感謝されるかもしれん。うまくいけば借金も一気に帳消しよ」

自信たっぷりに、あやこは言い切る。すでにもう、あおえを手中に収めたようなつもりでいる。

「さすが母者、悪事の目のつけどころが違うなぁ」

兄の三郎はわけのわからない賛辞をするが、弟の四郎は不安そうに目を泳がせた。

「本気かよ……。あの女、むちゃくちゃでかいぞ。それに、おれの記憶違いじゃないなら——あれって、昨日、薬を盛ったのに全然効かなかったやつらじゃないか？」

「そうかっ」

また大声をあげそうになった母親の口を、三郎があわてて押さえた。

「母者、頼むからもう少し声を小さく……」

息子に諭されて、あやこは小声でささやく。

「陰陽生め、わしらの企《たくら》みをどこからか嗅ぎつけて邪魔しに来たに違いない。となると、昨日の迷いびと三人は事前に探りに来た仲間だった疑いもあるぞ。な、そうすれば、あの大男、大女に薬が効かなかったのも得心がいくわい」

「なぁるほど。しかし、それならなおさら、ここは静かに退却したほうが……」

「そうだよ、母者。命あってのものだねだって。あの陰陽生に関わると、ろくなことないって」

逃げ腰になる息子たちに向かい、あやこは首を激しく横に振った。

「いやいや、これこそ好機到来よ。ついでにあの陰陽生への意趣返しもできるんじゃからな。あの美形がやつの仲間でけっこう、むしろ恋人だったりしたら、仕返しとしても最高じゃろうて」

あおえが一条の恋人——当の一条がこの台詞を聞いたなら、あやこは即、殺されていよう。

「決めた。わしは絶対、あの女を手に入れてみせる！」

受けた恩義は忘れても、恨みはけして忘れない。辻のあやこはそういう女だった。

まさか、そんな連中にじっと見張られているとも知らず——いや、馬さえ騒がなければ、あおえかしろきのどちらかがその鋭い聴力で彼らの声を拾っていたかもしれない。が、馬たちの興奮はおさまり難く、いななきは続き、あやこたちの気配を完全に消してしまっていた。

夏樹も本当はこんな山奥に馬たちを放置して餓死などさせたくなかったが、とにかく手がつけられないのだ。

「仕方がない。とりあえず、餌と水は置いておいたんだし、この馬たちのことは仁和寺のあの僧侶にでも話して、あちらで世話をしてもらおうよ」

夏樹がそう言うと、一条もすぐに賛成してくれた。

「まあ、それが無難だろうな」

あおえは同じ馬ということで親近感がわくのか、五頭の馬にしきりに話しかけている。

「ほらほら、もう何もしませんから落ち着いて。それとももしかして、ご主人さまがおまえたちを見捨てていったから怒ってるんですか？　どこ行っちゃったか、心当たりありますか？　って訊《き》いても、答えられやしませんよねえ」

しろきは牛頭鬼だから馬に興味はないのか、

「せっかくここまで来たというのに、手がかりは何もなし。ただ馬の餌やりをしただけか……」

と、腕組みして残念そうにうなっている。

苦悩に曇る精悍な顔は、深雪がまた黄色い悲鳴をあげそうなくらい、さまになっている。夏樹も、あおえのようなきらきらした美形になりたいとまでは望まないが、しろきのような美丈夫にはちょっと憧れてしまう。

（この筋肉でこの顔か……。うらやましい……）

賞賛の目で見られていることなど一向に気づかず、しろきはなおもぶつぶつと愚痴っている。

「どうするんだ、こんな顔で。冥府にも戻れず、あおえとそろって居候の身になるなど、絶対に御免だからな」

一条もとても厭《いや》そうに顔をしかめた。

「こっちこそ御免だ。邸が狭くなる」

「ほう？　あおえはよくても、おれはだめだと？」

しろきが険しい目を一条に向ける。ひと波乱ありそうな雲行きに、夏樹はあわててふたりの間に入った。きれいなものを見せて場をなごませようと、彼は大きく腕を振って一条たちの注意を周囲に向けさせる。

「まあまあ。ほら、桜がきれいじゃないか。花見に来たと思ってさあ」

静かな山にいっぱいの桜。春の柔らかな陽射しと相まって、花ばかりの梢を見上げていると、夢の中へと踏み惑ったような感覚に陥る。……馬が騒いでいなければ。

「ここはうるさいから、とりあえず、仁和寺まで戻ろうか……」

閉口した夏樹がそう言ったと同時に——ざあっと頭上の梢が音をたてて揺れた。風もないのに。

桜の花びらが一斉に舞い落ちる。満開の枝から。まだ五分も咲いていない枝からも。その数たるや、尋常ではない。

「うわっ！」

思わず声をあげた夏樹の口中に、花びらが吹きこんでくる。息が詰まりそうだ。もし桜に梅のような芳香があったなら、香りにむせて気を失っていたかもしれない。

そこまで至らずとも、目を耳を花びらにふさがれて何も見えなくなる。聞こえなくなる。完全に動きを封じられた状態だった。

手で花びらを何度もはらって、その甲斐《かい》あってか、夏樹の聴覚が瞬間的に戻る。そこへ飛びこんできたのは、

「あ〜れ〜〜〜」

哀しげな女の悲鳴――ならぬ、野太い悲鳴。あおえのどこか芝居がかった声が響き渡った。

何が起こったのか。花びらに封じこめられて身動きできない夏樹には、さっぱりわからない。一条がどうなったのか、しろきはどうしているのかも。

そんな状態は、しかし、すぐに収まった。花びらの襲来が始まったときと同様、ぴたりとやんで、五感を完全に取り戻すことができたのだ。

見廻せば、地面に埋め尽くさんばかりに桜の花びらが散っている。その上に、無造作

に転がる市女笠がひとつ。

　一条としろきは近くにいた。彼らも花びらに襲われて手も足も出せなかったのだろう。全身に貼りついた花びらを落とすのも忘れて、市女笠を呆然とみつめている。

　笠の持ち主であるあおえの姿はどこにもない。

「あおえは――」

　夏樹は馬頭鬼の名を口にしたが、彼がどうなったか、答えはすでに知っているような気がした。そう、あおえは花にさらわれていったのだ。

「なんでさらわれるんだ、あいつが！」

　あおえの安否を気遣うというよりも、アレをさらってでも欲しがる存在がこの世にいるということのほうが夏樹には衝撃だった。

　確かに、いま現在の容姿だけを見るならば不思議でもなんでもない。金髪の珍しさもあって、商品価値はかなり高い。どこに連れていっても高く売れるだろう。しかし、中身はアレだ。アレなのだ。

「なんのために！　いったい、なんのために！」

　一条も夏樹同様に激しい衝撃を受けたらしく、大声で怒鳴り返してきた。

「知るもんか！」

　動揺する少年たちを尻目に、しろきだけは低い落ち着いた声でぼそりと言う。

「いっそ、このまま見捨てたほうが、世のためひとのため冥府のため……」

真理とは、ひとびとの心に重たく響くものである。

夏樹は危うく賛成しそうになったが、そんな自分を恥じてことさらに強く断言した。

「いや、だめだ！　一刻も早く助け出さなくては!!」

背後で、水を差すような一条のつぶやきが聞こえる。

「一刻も早く……？　そりゃ、ちょっと言い過ぎじゃないか？」

「いいや、一刻も早く！」

楽なほうへ流れようと勧める、もうひとりの自分を抑えつけ、夏樹は語気も強く言い放った。

「あおえを救い出すんだ！　取り返しのつかないことになる前に!!」

六　囚《とら》われの姫君

何をもって取り返しがつかないとするのか。それはともかく。

あおえは冷たい石の牢獄《ろうごく》に囚われの身となっていた。裏山で、桜の花びらに取り囲まれて五感を封じられ——気がついたら、ここに閉じこめられていたのだ。

三面は石を組んだ壁。残り一面は鉄格子がはまっている。天井の端には明かりとりの小窓が設けられていたが、そこにも鉄格子が。仮に格子がなくとも窓は小さすぎて、とてもくぐり抜けられそうにない。

小窓のはじからは雑草がのびている。とすると、ここは地下か。まさに絵に描いたような牢獄である。

「これってもしや……、悪者にさらわれちゃったってことなんですかねえ」

両腕でしっかりと自分の身体を抱きしめ、あおえは静かに涙をこぼした。白い頰に、水晶のごとき清らかな雫《しずく》がいくすじも流れ落ちていく。

「ああっ！　わたしがあんまりにも美しすぎるから！」

美しいのは事実である。ただし、あおえの場合、変身前であっても同じ台詞を臆面もなく言い放っていたであろう。

振り仰ぐと、小窓のむこうに夜空が見えた。月の光も細く差しこんでいる。

いったい、どれくらい気を失っていたのだろうか。夏樹や一条やしろきはどうなったのか。自分はこれから、何をされてしまうのか――

「もしかして夏樹さんたちも捕らえられて、違う場所に幽閉されているのかも……。いまこのときにも、わたしの助けを待っているのかも……！」

思いつくままをべらべらと口にし、あおえはひとりで身悶《みもだ》えし、次の瞬間にはまた新たな涙をこぼした。

「いいえ、いいえ！　やっぱり、さらわれたのはわたしひとりなんです。だって、こんなに美しいんですもの。狙うなら、そりゃあ当然、わたしでしょうとも……」

結論としては、間違っていない。

冷たい床にうち伏して身の不運を嘆き、さめざめと泣いていたあおえだったが、近づいてくる足音を耳にして、ハッと顔を上げた。

「食事だよ」

そう言って、鉄格子のむこうで立ち止まった男の顔に、見おぼえがあった。山中のあの家にいた男のひとりだ。

「あなたは……」

あおえは涙に濡《ぬ》れた青い目で男をじっとみつめる。男はなぜかひるんだように、半歩後ずさった。

「気の毒だとは思うが、そんな顔したって無駄だからな」

乱暴な口調で言って、男は微《かす》かに紅潮した頬を隠すように横を向いた。

「ああ、やっぱり……」

あおえは紅色の袖でそっと涙を押さえる。

「わたしのような美形が囚われてしまったら、そりゃあもう、無骨な牢番があんなこんなのひどいめに遭わせてやろうと舌なめずりするのが世間のお約束というものです。拒みたくても、かように非力な身ではままならない。わたしの貞操はまさに風前の灯《とも》し火……」

　一条ならば「誰が非力だ！」と吼えただろうが、男の反応は違った。

「誤解するな！　そんなつもりは全然ないぞ！」

　男は持ってきた折敷《おしき》を乱暴に床に置き、飯の碗と魚の干物を格子の隙間から、牢の中へと差し入れた。扉をあけるつもりはないらしい。もしも男が扉をあけて中に入り、不埒な真似《まね》をしようとしたら、腕の二本や三本、五本へし折ってやろうと思っていたものを、とあおえは内心残念がった。

「かわいそうだが、こっちにだっていろいろと事情があるんだ。運が悪かったと思って観念するんだな」

　男はぶっきらぼうに言う。どこか無理をして悪人ぶっているふうに見えなくもない。

「事情って……？」

　あおえが好奇心から尋ねると、男は困ったように口を尖《とが》らせた。

「いろいろだ。どうしても頭が上がらないやつがいて……借金があるんだよ。おれたち兄弟の博打《ばくち》の負けが嵩《かさ》んだ分とか、母者の遊興費のツケとか。だから、いやでもそいつの手助けをしなくちゃならなくなったんだ。手助けっていったって、それ自体は簡単なことなんだけどな。道に迷ったカモに一服盛る、しばらくするとカモが違うものに変身している、それを市場に牽《ひ》いていって高く売る」

「カモが違うものに変身？」

美男美女に変えて、ひと買いに高く売り飛ばすということだろうか。だとしたら、とんでもない悪党だが、男は良心の呵責《かしゃく》を感じている様子もない。

「売れた代金から手数料を引いて、あいつに渡す。あとは知ったこっちゃない。少ない労力で借金は返していけるし、こっちの懐だって潤う。万事うまくいってたのに……なんで、あんた、変身しないんだよ」

「わたしですかぁ？」

男は大きく首を縦に振った。

「薬入りの羹《あつもの》をちゃんとたいらげたくせに、人間のままじゃないか！」

話が通じず、あおえはしばし男の顔をみつめた。青い瞳の注視に、男の頬がますます赤くなる。どうやら、彼はあおえを異国の美女と信じこんでいるらしい。

並はずれた大女とはいえ、美しい衣をまとった金色の髪の女が牢獄の中にすわりこみ、潤んだ瞳で切なげに――男の目にはそう映る――見上げているのだ。気持ちはかなりぐらついている。

「な、なんだよ。そんな目で見たって助けてなんかやらないぞ」

「あ、そうか」

男の動揺に気づきもせず、あおえはぽんと手のひらを叩いた。

「あなた、裏山のあの家にいたひとですね？」

弟の四郎のほう、とまではわからずとも、顔ぐらいおぼえていて欲しいものだが、あおえも馬頭鬼と悟られぬようにとずっと市女笠をかぶっていた。視界は限られ、あやこの息子たちの顔をあまりよく見てはいなかったのだ。

「ちょうどよかった。実は、あなたたちを探していたんですよぉぉ」

「探していた？」

「そうですとも、もとに戻る方法を教えてもらいたいんです」

その刹那、四郎の表情が劇的に変わった。

「やっぱり、あんた、あの陰陽生の仲間で、最初からおれたちの邪魔をするために近づいたんだな！　ちくしょう、少しでも同情したおれが馬鹿だった！」

急に怒鳴られて、あおえは目を丸くした。陰陽生というのが一条のことだとは理解できるのだが、どうして相手が怒りだしたのかが、いまひとつピンとこない。

そこへ、しわがれた老婆の声がかかった。

「こら、四郎。まさか、おまえ、女の色香に迷って逃がしてやろうなどと考えていたんじゃないだろうね」

図星だったのだろう。飛びあがらんばかりに驚いて、男——四郎は背後を振り返った。

その顔面をぺしゃりと平手で叩き、鉄格子の前へと進み出てきたのは巫女姿の白髪の老婆、辻のあやこだ。

「様子を見に来て正解じゃったわ。ほれ、おまえは三郎の手伝いでもしに行くがいい。いろいろと準備が必要だそうだからの」

あやこはもう一度、四郎をはたくと、格子越しにあおえの顔を覗きこみ、ニッと笑ってまばらな歯並びを見せつけた。

「まあ、これほどの美女に泣かれては無理もないかのう」

「あら、そんな」

こんな状況だというのに、褒め言葉に正直に反応し、あおえは恥ずかしそうに身をくねらせた。

「うむうむ。わしの若い頃に負けず劣らずといったところぞ。わしものう、昔は都の貴族から東国の武士まで、さんざん手玉にとったものよ」

「まあ。昔と言わず、いまでも充分イケていましてよ」

おべっかではなく本心から言っているとわかるから、あやこも嬉しそうに笑う。

「素直ないい娘じゃ。あんなクソ坊主にくれてやるよりも、うちの息子の嫁にしたくなったが……」

「は、母者」

「いまさら変更もきかん。話をむこうに通してしまったからの」

あっさりと却下されて、四郎は失望に大きく肩を落とした。

「あの、話がよく見えないんですけど」

すっかり女になりきっているあおえは、愛らしく小首を傾げて質問する。

「クソ坊主ってどなたのことでしょう？　それに、わたし、これからいったいどうなるんですか？」

「おそらく――」

あやこはもったいぶってひと呼吸おいてから、あおえがこれから迎えるであろう運命を厳かに告げた。

「異国の神の生《い》け贄《にえ》にされるんじゃよ」

あおえは息を呑んで固まった。ややあって、呑みこんだ息を細く長く吐き出す。

「生け贄？」

組んだ両手を胸に押しあてて、あおえはその不吉な単語をくり返した。おそろしくも、ぞくぞくと期待に胸が震えるような、素敵な単語を。

異論はあるかもしれないが、そんなあおえの姿は可憐《かれん》な乙女が過酷な運命におびえているように見えた。重ねて言うが、異論は受けつけない。見えてしまったのだから仕方がない。

「そうとも」

あやこはあおえの反応に満足げに目を細めた。

「わしらはあるおかたの命を受けて動いておる。そのかたが信奉される神に、さっそく今夜、そなたは捧げられるのよ。光栄なことと思いなされ……と言っても無理か。美しく生まれついてしまった身の不運とあきらめることじゃよ」

「美しく生まれついた身の不運……」

あおえの青い瞳にきらきらと星が瞬く。あやこの言葉が彼を自己憐憫《れんびん》の陶酔へと導いていく。

「すべてはわたくしの美しさが招いた不幸なのですね……」

馬頭鬼の戯言《ざれごと》だと思えば腹も立つが、金髪碧眼の囚われの美女が言うと否定しようもない事実となって聞こえる。あやこも納得して何度もうなずいた。

「これもさだめ。そなたという花は気高く咲いて、やがて美しく散る運命《さだめ》だったのじゃ。恨むのなら、わしらでなく、あの陰陽生を恨むがいい」

「陰陽生……どうして一条さんを?」

「いまさらとぼけずとも、わかっているとも。あの者に頼まれて、この山を探りに来たのであろう?」

だいぶ誤解があるようだとあおえもやっと理解したが、あやこの思いこみを否定するどころか、ちゃっかりと乗ってしまう。

「一条さんのために……この身が犠牲になる……」

うっとりとしたつぶやきに、また新たな人物の声が重なった。今度は、低い男の声だ。

「この者がわが神に捧げられる贄となるのか？」

石の床に足音を響かせ、ゆっくりと進み出てきた男の姿は、けして明るくはないこの場では最初、視認しづらかった。黒一色、墨染めの衣を身につけていたせいだ。彼は――仁和寺で右近中将と話していた、導円という名の僧侶だった。

四郎とあやこは脇にひき、代わって導円が鉄格子に近寄る。彼は特徴的な高い鼻を格子に押しつけんばかりに寄せて、あおえをじっと凝視した。その視線には何やらただならぬものがあった。

貞操の危機を感じて、あおえは牢の奥へと逃げこもうとした。が、それより早く、格子の隙間から導円の腕がのび、あおえの長い髪を鷲《わし》づかみにする。

「あれ、何をなさいますぅぅぅ」

振り切って、手の届かぬ奥へと逃げこむ。導円の手には白金色の髪が数本、まとわりついたままだ。その髪を検分して、導円は感嘆の吐息とともにつぶやいた。

「本物だ。そなた、生まれは波斯《ペルシャ》か？　それとも、もっと西か？」

「冥府です」

導円は不思議そうに顔を歪めた。

「メイフン？　そういう名の国は知らぬ……。しかし、この地の者ではあるまい」

「はい。そういうことになりますです」

まさにその通りなので、あおえは自信をもって肯定した。途端に、導円の顔に喜色が浮かびあがる。

「やはり異国人、胡人なのだな。最適だ。それもこれほど美形の贄が手に入るとは」

「苦労しましたよ」

ちゃっかりとあやこが自分を売りこむ。しかし、導円は聞いていない。あおえ以外、その目には映っていないかのようだ。

興奮しているせいか、彼の目は昼間とは微妙に色彩が異なっていた。異国の血が混じっていると一条が下した判断は、あながち間違ってはいなかったらしい。

「喜ぶがいい、娘よ。そなたの尊い犠牲が〈破壊する魂〉の顕現を現実のものとしてくれるであろう」

熱っぽい口調でそんなことを言われても、普通、喜べるはずがない。普通は。だが、この囚われの姫君はちょっと普通とは違っていたのであった。

七　暗黒邪神の降臨！

花にさらわれてしまったあおえの姿を探し求めて、夏樹と一条としろきは仁和寺の裏山をずっとさまよっていた。

しかし、手がかりすらもみつけられぬまま、とうとう夜を迎えてしまった。月が出ているおかげで完全な暗闇にはならぬにしろ、このままでは夏樹たちまで道を失い遭難しかねない。

「もしかして光行どのたちも、あおえみたいに花にさらわれてしまったのかも……」

思いついたことを夏樹が半ば無意識につぶやくと、先に立って歩いていた一条が振り返った。

「近衛の連中のことか？　いいじゃないか、あんなやつらどうなろうと」

「そういうわけにもいかないよ」

「近衛にいたとき、あいつらにさんざんいびられていたこと、忘れたか？」

「忘れた。もう昔のことだし」

「おひと好《よ》し」

一条だったら、こんな好機は逃さず、昔、世話になった礼をきっちり倍にして返そうとするだろう。が、夏樹は近衛にいたときの不愉快な思いなど、本当にきれいさっぱり忘れていた。ここであえて光行たちの恨みを買うようなことをしても無意味だよと、苦笑するばかりだ。

そんなことより、いまはあおえを探すことのほうが急務だった。

あの頑丈な馬頭鬼が、すぐにどうかなるとは考えにくい。一日や二日程度なら、ほうっておいても大事あるまい。むしろ、さらったほうの迷惑になってはいまいかと、夏樹などは本気で案じていたりもする。

だが、現在のあおえのあの容姿を考慮すると——少し事情は変わってくる。きっとひと買いは殺到するだろう。ひと目見た途端、よからぬ欲望をいだく輩《やから》もいるに違いない。想像するだけで、また砂を吐きそうになるが。

あおえなら悲劇の主人公になりきって、運命の荒波に押し流されるまま、どんぶらこっことどこまで行くか保証できない。面倒極まりないが、誰かが歯止めを利かせてやらねばならないのだ。

「しろき?」

夏樹はふと足を止めて、しろきを振り返った。後ろからついてきているはずの彼が、桜の木の下で立ち止まって目をつぶっていたのである。

「どうかしたのか?」

しろきは目をあけると、夏樹をまっすぐに見返して答えた。

「聞こえないか？　歌――いや、何か詠唱しているようだ」

夏樹は耳を澄ませてみた。桜の山の夜は静かで、詠唱などちっとも聞こえてこない。

「ぼくには聞こえない」

一条も夏樹と同じく聞こえなかったらしい。

「寺の裏山だからな。坊主たちの読経《どきょう》でも聞こえているんじゃないのか？」

「いや、それとは違うと思う」

しろきは耳に全神経を集中させるように、再び目をつぶった。人間の姿となっても、その聴覚は牛頭鬼であったときと同じく、ひと並はずれているようだ。夏樹も一条も、彼の邪魔をしてはならないと息を詰めて見守る。

張りつめた夜気の中、桜の花びらが一枚、しろきの長いまつ毛の先をかすめていった。それでも彼は彫像のごとく整った顔を、ぴくりとも動かさない。

やがて。

まぶたをゆっくりとあげ、鋭く輝く黒い瞳に確信を宿して、しろきは断言した。

「こっちだ」

聞き慣れぬ音律の詠唱が、重々しく空間にこだましている。読経とも違う、神社の祝《のり》詞《と》とも違う。それでも、どこか似通った響きはある。『信仰』が感じられるからだ。

その場所は自然の洞窟を利用したものと思われた。かなり広々として、天井も高い。凹凸に富んだ石の壁は反響板となって、声の響きを助けている。

詠《うた》っているのは導円だった。

まとっている装束は、色こそ黒だが僧衣とは違う。たっぷりと布を使って身体を覆い、太い編み紐で腰を縛っている。厚い胸板の上で光るのは、異国風の意匠をこらした金の首飾り。

篝火《かがりび》の明かりがその彫りの深い顔に、さらに濃く陰影を刻みこむ。高い鼻梁と見慣れぬ装束のせいもあり、導円は完全に西の人間に見えた。仏道に精進する僧侶ではない。遠い異国の異教の祭司だ。

導円の前には丫《ふたまた》字形の木の柱が立っている。そこに鎖でもって手足を縛りつけられている生け贄は、あおえだ。悲惨な運命を甘受するかのごとく目を閉じ、縛《いまし》めにぐったりと身を預けている姿は、どこかの宗教画のようだ。

あやことその息子たちは関わりをさけるかのごとく、壁面ぎりぎりまで下がっておとなしく頭《こうべ》を垂れている。ただ、四郎だけは気がかりそうにときおり、あおえをちらちらと盗み見ていた。良心が痛むのか、おのれの無力さを悔やむように唇を噛んだりもしている。

あやこたちの存在など歯牙にもかけず、導円は不気味な詠唱を続ける。

魔王の中の魔王
無慈悲なる者　悪《あ》しき光輪の所有者
奸悪《かんあく》なる者　すべての命を屠《ほふ》る神よ
破壊する魂《ガナーグ・メーノーグ》は
血にまみれた武器を携えて
虚偽《ドウルジ》を不浄《ナス》を背信《タローマテイ》を生み出したもう

「とんでもない神さまじゃのう」

あやこがあきれ果てたようにつぶやくや、三郎と四郎はそろってひと差し指を立て「シーッ！」と母親に注意を促した。幸い、導円の耳に彼らの声は届いていない。

導円にとって、いまこのときが人生最大の晴れ舞台なのだ。おのれの世界に酩酊《めいてい》してしまい、聞こえるものは自分の詠唱のみ。見えるものは柱にくくりつけられた美しき生け贄のみ。

彼の人生は失意の連続だった。身分が低いばかりに出世は望めず、おのれの才覚のみでやっていける場を求めて寺に入ったが、それもはかばかしくない。いつしか、すべては世の中が悪いのだと短絡的な思考に走ってしまった。

そこまではよくある話だ。ただ、彼の場合、遠い祖先に胡人がいて、異教の知識を少しばかり持っていた点が違っていた。

この世を打ち砕き、地獄の業火ですべてを焼きはらってしまう邪神——かの地では恐るべき悪神だが、導円にとってはそれこそ救世主、正しき存在と思えた。その強大な存在をこの国に招き、安楽な暮らしにおぼれる貴族たち、私利私欲に走る高僧たちを一掃してもらったらどれほど鬱屈《うっくつ》が晴れるかと、そればかりを夢想して長い日々を送ってきたのだ。

いよいよ、その邪神を呼び出す。今夜は成功する。彼はそう信じた。

それはもう、身振りにも力が入る。悪しき思索、悪しき語らい、悪しき行いを推奨する呪わしい言葉も大連発する。

読経で鍛えた喉だけに声はよく通るし、洞窟内の音響もいい。篝火の炎も効果ばつぐんだ。そして何より、極上の生け贄が雰囲気を盛りあげるだけ盛りあげてくれる。

導円の熱意が眠れる邪神のもとへ届いたのだろうか——

突如、大地が鳴動を始めた。まだ揺れはわずか。地鳴りの音も耳鳴りと間違えてしまいそうなほど微かだ。

しかし、導円ははっと息を呑んで詠唱をやめ、あやこも驚愕の表情を浮かべて身を堅くした。呪術に携わる者だからこそ敏感に感じ取ったのだ。深き地の底で身震いした巨大で凶悪な存在を。

導円は声高く哄笑《こうしょう》した。

「〈破壊する魂〉よ！　いざ来たりて悲鳴と慟哭《どうこく》をこの世にもたらしたまえ！」

もはや、無能な手下を使って旅人に秘薬を盛り、牛馬に変身させて売り飛ばしてはちびちびと資金づくりにいそしむような、せこい真似をしなくともいい。

生け贄の血を大地に流しさえすれば、暗黒の邪神は降臨する。

破壊が始まり、濁世《だくせ》の終わりが来る。永年のどす黒い欲望は成就する。するに違いない。

導円はかねてから用意していた異国風の短刀を取り出すと、大きく振りあげてあおえに近づいた。

「生け贄の血を!!」

が、鋭い切っ先があおえの胸めがけて振りおろされかけた瞬間、空気を切り裂いて、何かが飛んできた。

市女笠だ。

笠は導円の手首を打ち、短刀を落とさせる。薄い虫の垂衣を刃に幾重にも巻きつかせて短刀は地面に転がった。

「何者だ！」

怒りの声をあげて導円が振り返る。その視線の先には、三人の若者たちが。言わずと知れた、夏樹と一条、僧兵姿のしろきだった。

いかにも怪しげな場の雰囲気に呑まれることなく、一条が代表して大見得を切った。

「いずこの国のいかなる邪神を招こうとしているのかは知らん。異国の風習を頭から否定する気もない。だがな」

ひときわ語気が鋭くなる。

「よそでやってくれ！」

それもまずかろうと夏樹は思ったが、訂正させる間もなく、導円が声を荒らげた。

「神聖なる祭儀を邪魔する不埒者めが！　おまえたちなど〈砂漠の虫〉の餌にしてくれるわ！」

その言葉に呼応して、突然、地面のあちこちがぼこぼこと盛り上がった。土の中から次々と現れいでたのは世にも奇怪な生き物だった。

八　邪教僧の最期！

〈砂漠の虫〉――そう呼ばれて出現した魔物は、ぱさついたまばらな頭髪に、肋骨《ろっこつ》の浮き出た胸、大きく膨らんだ腹部を持っていた。そこまでは地獄の餓鬼とよく似ている。しかし、丸めた背中は黒光りする硬い殻に覆われ、細い手足は六本ついている。あたかも、餓鬼と甲虫《かぶとむし》が地の底で出逢って融合したかのようなおぞましい姿だ。

大きさは歩き始めた幼児ぐらい。だが、その動きは幼児とはほど遠く、素早い。

土中から生まれ出てきた無数の〈虫〉は六本の手足をカサカサと動かして、夏樹たちに迫ってきた。姿のみならず動きかたに生理的嫌悪感を誘うものがある。虫嫌いなら見ただけで卒倒してしまうだろう。

この場で卒倒すれば、やつらはすぐさま全身にたかかってくるに違いない。びっしりと細かく生えた尖った歯が、せわしない動きが、彼らの貪欲さをうかがわせる。襲われれば、ひとひとり、あっという間に白骨と化そう。

「夏樹、太刀を抜け！」

一条に言われるまでもない。夏樹は腰に佩《は》いた太刀を鞘《さや》から解き放った。

抜けば輝く光の刃《やいば》。雷神、菅原道真《すがわらのみちざね》ゆかりの宝剣は、持ち主である夏樹の危機に反応して、魔物を退ける聖なる輝きをまとった。

神聖なる光は異教の魔にも通用した。〈砂漠の虫〉たちは太刀のまばゆさに方向感覚を失い、めちゃくちゃな動きを始めたのだ。

この機を逃さず、夏樹は忌まわしい〈虫〉どもに斬りつけていった。硬い背中は刃を簡単には通さなかったが、コガネ虫などと同じく殻に丁字形の境目があり、そこへ切っ先を叩きこめば、きたならしい体液をほとばしらせて〈砂漠の虫〉は息絶えてしまう。

一条は夏樹の周辺に不必要に〈虫〉を寄せつけまいと、紙人形を放って掩護《えんご》する。しかし、風に舞う紙片はけして攻撃力が高いとは言えない。夏樹も、一匹一匹〈虫〉の身体に太刀を叩きこむうちに、次第と動きが鈍ってきた。

しかも、〈虫〉の緑色に濁った体液が刀身にこびりつき、その輝きを少しずつ殺《そ》いでいくのだ。それに引き換え、地中から〈虫〉は絶え間なく這《は》い出てくる。太刀の光が周囲を照らさなくなったそのとき何が起こるか、想像するのはけして難しくない。

輝く太刀や舞い飛ぶ紙人形におののいていた導円も、そのことに気づいて自信を取り戻した。いかにも悪役らしく、呵々大笑《かかたいしょう》してくれる。

「いくらでもわいて出るぞ、〈砂漠の虫〉は。おまえたちの命を喰《く》い尽くすまでな」

「うるさい！」

夏樹は鋭く怒鳴って、導円に駆け寄ろうとした。が、きいきいと鳴きながら〈虫〉どもが行く手をふさぐ。やつらが邪魔で、なかなか距離を埋められない。

奮戦する夏樹の視界の隅を、しろきが走っていた。彼は錫杖《しやくじよう》を地に突き立て、棒高跳びの要領で、這いずる〈虫〉たちの上を飛び越える。

「いいぞ、しろき！」

しかし、彼は導円には目もくれず、生け贄の柱へと駆け寄った。むしろ、妨害しようとした導円を邪魔だとばかりに錫杖で殴りつけ、大声でかつての同僚の名を呼ばう。

「あおえ！」

彼が投げた網代笠が、あおえの美貌へとぶちあたった。惚れ惚れするほど狙いは正確だ。してみると、あわやの場面で市女笠を投げたのもしろきだったのだろう。

「あたっ！」

死んだようにぐったりとしていたあおえが目をあける。

「あ、しろき」

目の前では、群れを成す異形《いぎよう》の魔物に夏樹と一条が太刀と紙人形で立ち向かっているというのに、もう少しで短刀を胸に突き立てられるところだったのに、あおえにはさほど切迫した感じがない。いまのいままで寝ていたのか、おまえ、とつっこみを入れたいくらいだ。

「よかった。助けに来てくれたんですねぇぇぇぇ」

「いいかげんにしろ。いつまでも悲劇の主人公を気取っているんじゃない」

言いながら、しろきは足もとに這い寄ってきた〈虫〉の一匹を踏み潰した。餓鬼に似た魔物はギャッと甲高い声をあげ、緑の体液を飛び散らせる。そのしぶきが頬にかかっても、しろきは眉ひとつ動かさない。

「馬鹿か、おまえは。邪神とやらがこの地にやってきて大暴れしたらどうなるか、考えてもみろ。死人がどっとまとめて出て、冥府はすぐさま亡者で満杯だ。おれたちの仕事だってめちゃくちゃ増えるんだぞ」

「わたしは冥府を追放された身。すでに獄卒でもなんでもない……」

「原因の一端がおまえだと知ったら、閻羅王《えんらおう》さまはどう思われるだろうな？」

このひと言は効いた。運命に酔いしれ、すっかり哀れな生け贄役にはまっていたあおえの目が、かっと大きく見開かれる。

柱に鎖でくくりつけられていた腕に力が入り、目に見えて筋肉が隆起していく。二重、三重に巻きついていた鎖がみしみしと軋《きし》み始める。

「はあ！」

あおえの気合一発で、両手首に巻かれていた鎖はもちろん、足首の鎖までもが瞬時に弾《はじ》け飛んだ！

「うおおおお!!」

自由の身となって地面に飛び降りたあおえは、たったいままで自分が縛りつけられていた柱に手をかけ、根もとから引き抜いた。まるで畑から蕪《かぶ》でも抜くかのようにあっさりと。あおえは大きな柱を振りまわし、ぶんぶんと空気をうならせながら〈砂漠の虫〉をまとめて叩き潰していく。

なびく金の髪に、乱れる紅色の衣に、裾からこぼれるたくましい太ももに、緑の体液が飛び散っても、風を切って振りまわされる柱の破壊力は衰えない。美しき狂戦士《バーサーカー》は、わいて出る〈虫〉たちを片っ端から潰す。潰して潰して潰しまくる。止めようとしても止められまい。

からくも逃れた〈虫〉ですら、いつまでも無事ではいられなかった。しろきが手にした錫杖が彼らを薙《な》ぎ倒し、岩に叩きつけて確実に屠っていくのだ。

疲れなど微塵も見せない。ふたりとも体力的に並ではない。どのような姿になろうとも、彼らは冥府の鬼。馬頭鬼であり、牛頭鬼なのだ。

もはや導円に勝ち目はないのは、誰の目にも明らかだった。いくら〈虫〉がわいてこようとも、あおえとしろきの敵ではないし、あやこたち親子も、とっくの昔、一条たちが乱入してきた時点でこの場から逃げ出している。

暗黒神《あんこくしん》そのものを呼び出せていたなら事態は異なっていただろうが、そうはならなかった。生け贄は、もうおとなしく死んでくれそうもない。大地の鳴動も、ほとんど感じられないほどに遠のいている。

「おのれ！」

絶望した導円は血を吐くような叫びを放った。

「かくなる上は！」

導円は身を投げ出し、しろきに叩き落とされた短刀に手をのばした。

すぐそこまで〈破壊する魂〉が来ているのだ。どうあっても、この期を逃したくない。

自分自身を贄にしてでも、暗黒神を招き寄せねば——

そこまで思い詰めてのばした彼の手は、あと少しのところで短刀に届かなかった。全身、緑の液にまみれ、肩で息をした夏樹が、導円と短刀の間に立ちふさがったのだ。

夏樹の太刀が、導円の広袖を大地に深く縫い押さえる。〈虫〉の体液によごれて輝きを失い、切れ味の衰えた太刀でも、それくらいならできた。

荒い息の下で、夏樹は叱りつけるように強く言い放った。

「そんなことで命を無駄にするな」

しかし、導円は聞く耳を持たなかった。奇声をあげ、袖を破って起きあがり、夏樹に体当たりをする。自由になった手で異国風の短刀を拾いあげる。

次の瞬間、導円は自らの胸に短刀の切っ先を押しこんだ。

絶叫とともに、緑ならぬ真紅の鮮血が導円の胸からほとばしる。夏樹は咄嗟《とっさ》に両腕で顔をかばった。前で交差させた夏樹の腕に導円の血が飛ぶ。垂れ落ちた血のしずくは夏樹の狩衣の上を流れ、地面に滴り、砂地に吸いこまれていく。

突然、血が染みたところを起点に、大地が割れた。

激しい縦揺れが起こり、ごうごうと音をたてて亀裂は広がる。一条としろきはその場に伏せる。あおえもあわてて柱を放り投げ、一条たちと同じ姿勢をとった。

彼らはそれでよかったが、大地の裂け目は夏樹のすぐそばで生じていた。足もとがふいに崩れて、夏樹は地の裂け目に呑みこまれそうになる。が、無意識に身体を反転させて跳びのいたために、すんでのところで難を逃れる。

大地は斜めに傾ぎ、導円の死体はごろごろと転がって裂け目に呑みこまれていった。逃げ惑っていた〈砂漠の虫〉たちも、その細い手脚では地面の傾斜に耐えきれず、もろともに転げ落ちていく。

深い深い暗黒の淵《ふち》。夏樹は跳びのいた瞬間に、その淵の奥底を覗きこんでしまった。

どこまでも続く闇。ただひたすらの闇。

落ちていった導円の死体も、異形の〈虫〉どもの姿も、すでに見えない。なのに、感じた。

ひどく凶々《まがまが》しい存在が大地の奥底に広がっているのを。

おそろしいと感じる余裕さえもなく、夏樹は地に伏せたあともひたすらそれをみつめていた。目が離せないのだ。

しかも、むこうも――闇しかそこにはないのに、むこうも夏樹をみつめ返しているような気がした。

総毛立つ。異教の邪神がいかなるものなのか知らない分、いままでさほど恐怖を実感できていなかった。が、淵の奥を覗きこんだときに理解した。

闇は闇。悪は悪。

異教であろうとなかろうと、その点は変わりない。

血の気も凍るような注視は、実際はほんのわずかな間のことでしかなかった。大地は低く鳴動し、いったんは広げた亀裂を今度は閉ざし始めたのである。

地鳴りは遠のき、揺れは少しずつ鎮まり――すべてはもとの鞘に。何事もなかったかのように。大地の傾斜すら、ほとんどもとに戻っている。

信じがたい思いで、夏樹は周囲を見廻した。あおえもしろきも一条も、悪夢から目醒めたばかりのような表情で同じようにあたりを見廻している。

いくら探したところで、彼らの目に暗黒の淵やおぞましい魔物が映ることはもはやない。岩に飛び散った緑の液や、導円の血といった名残はあるにせよ。

いや、名残はまだある。夏樹の脳裏に、闇を覗いた記憶がしっかりと刻みこまれてしまった。

夏樹はぞくぞくと震える自分の身体を両手でしっかりと抱きしめた。

災厄は回避できた。それがわかっていても、震えは止まらない。きっと、しばらくは夢にうなされ続けるだろう。いや、それで済めばいいが――

「あの僧侶の死体……」

どうにも気持ちが静まらず、夏樹はしわがれた声を洩らした。

「あれを贄にして、邪神がこの世に顕《あら》われるってことは……」

「心配するな」

夏樹の不安に一条が応える。彼とて興奮冷めやらぬ様子だったが、口調はしっかりしていた。

「あんなお粗末な贄じゃ、邪神だって起きやしないよ」

一条にそう言われるとホッとできる。ぎこちないながらも、夏樹の口もとに微かな笑みが浮かんできた。

「なら……よかった」

「よくないです」

そう言ったのは、あおえだった。狂戦士状態から素《す》に戻ったものの、髪はばさばさ、装束もぼろぼろ。青い瞳にきらきらと涙の星を浮かべて哀しげにつぶやく。

「わたしたち、結局、どうやったらもとに戻れるんでしょうかねえ……」

嘆くあおえの肩を、背後からしろきがぽんと叩いた。

「案じるな。どうにかなる。とりあえず、住む家はあるのだから上出来だ」

その言葉を耳にするや、一条が鋭く叫んだ。

「どこのことだ⁉」

訊かずもがな、であった。


しろきの言った通り、案じる必要などまったくなかった。あおえたちよりひと足早く、何もせずにもとの姿に戻った者たちがいたのだから。

光行たちである。

夏樹たちが洞窟内で死闘を演じていた頃、例の家の庭先で、彼ら五人は馬から人間の姿へと戻っていた。ただし全裸で、柵に首を繋がれた状態で。

ある程度、時間が経《た》てば、薬の効力も自然と消滅するようだ。このぶんなら、あおえとしろきも翌朝にはもとの馬頭鬼、牛頭鬼に戻れるだろう。そして、あおえはともかく、しろきだけは大手を振って冥府に帰っていける。

「戻った！」

「助かった！」

近衛の若い官人たちも手を取り合って喜んでいる。さっそく縛めをほどき、服がないので飼い葉桶で前を隠す。ただし、光行は違った。

「夏樹め」

彼は肌を刺す夜気の冷たさに震えながらも、飼い葉桶を蹴飛ばし、仁王立ちになって怒鳴った。

「こんな草を食わせようとして！　あいつはやっぱり、とんでもなくイヤなやつだ。機会があったら、絶対、いじめてやるいじめてやるいじめてやる!!」

筋違いもいいところだった。本来、非難されてしかるべきなのは、辻のあやことその息子たちなのに。

しかし、あやこたち親子はすでに遥か遠くへと逃げおおせていた。導円は身を滅ぼしたというのに、彼らはまったくの無傷で。

悪が栄えたためしはない。

だが、しかし、悪が潰《つい》えたためしもないのだった。

あやかしの筺《はこ》

奈良の平城京《へいじょうきょう》よりもずっと南、初瀬《はつせ》の古刹、長谷寺《はせでら》の名物は牡丹《ぼたん》だ。

百花の王と呼ばれるほど華やかな大輪の花――しかし、華やかなのは花ばかりではない。長谷寺には色とりどりの袿《うちぎ》をまとった被衣《かつぎ》姿の女たちが大勢、参詣に訪れていた。

貴族の女性は、身内以外の男性に姿を見せないようにと育てられる。ゆえに、寺社への参詣でもしない限り、なかなか遠出ができない。せっかくの機会、この旅を思いきり楽しもうと、彼女たちはきゃあきゃあと大はしゃぎしながら、長い廻廊《かいろう》をのぼっていく。寺参りというよりは物見遊山、のちの世の遠足か何かのようだ。

そのにぎやかな集団の中には、深雪《みゆき》も交じっていた。彼女たちは、弘徽殿《こきでん》の女御《にょうご》に仕える女房たちの御一行だったのだ。

寺名物の牡丹は咲き頃を迎え、天候にも恵まれた。夏の明るい陽光に目をすがめつつ、彼女らは心地よい薫風《くんぷう》をおなかいっぱいに吸いこむ。

「いい天気。こんなに天気に恵まれたのも、日頃の行いがよかったからよねえ」

いとこの夏樹《なつき》が聞いたら首を傾《かし》げそうなことを、深雪が口にする。が、ここでは誰も異議など唱えない。「そうよねえ」と他の女房たちは笑いさざめく。

御所の中だといろいろひと目があって、彼女らも心ゆくまでくつろぐのは難しい。何かへマでもやらかそうものなら、あっという間に噂《うわさ》となって広まってしまうのだ。その程度のことでとあなどってはいけない。他の妃《きさき》たちの陣営に噂を悪用されれば、命取りにもなりかねない。

でも、ここなら。

都から牛車《ぎっしゃ》で三泊四日。いっしょにいるのは、同僚たちの中でも特に仲がよい、遠慮のいらない女房たち。何を言っても大丈夫だ。

彼女たちが訪れた初瀬の観音《かんのん》は、唐国《もろこし》にまで噂が伝わるほど霊験あらたかだといわれていた。若い娘となれば叶《かな》えたい願いなどいくらでもある。深雪たちの頭の中でも、あのひとと恋仲になりたいだの、もっときれいになりたいだのと、さまざまな願い事が渦巻いている。それが叶うなら、丸木を横にして造られた長い階段をのぼる足にも力が入るというものである。

しかし、長谷寺の階段は四百段近くある。途中で立ち止まって休憩している者も少なくない。その中で、特に目をひいたのがひとりの老人だった。

身なりは悪くない。烏帽子《えぼし》も狩衣《かりぎぬ》も上質ではないにしろ清潔だ。供はおらずひとりきりだが、怪しい人物とも見えない。段にすわりこみ、苦しげに息をあえがせている姿はいまにも死にそうな雰囲気だ。

荷物はふたつ。ずいぶんと大きなつづらの上に、同形の小さなつづらを重ねて脇に置いてある。

こんなものを背負っていたなら、疲れるのも無理もない。他の参詣者たちも気になるのか、老人の様子をちらちらと盗み見ている。しかし、誰も手を差しのべようとはしない。うっかり関わった途端に大往生など遂げられては困ると思っているのかもしれない。そうなっても不思議ではない様子なのだ。

深雪はいったん横を通り抜け——気になって振り返った。後ろから見ると老人はなおさら小さくて頼りなさげで、そのまま前に傾いで段をいちばん下まで転げ落ちてしまいそうだった。もしそうなったら、いくら長谷寺の観音の霊験があらたかでも大怪我《おおけが》はまぬがれまい。

旅先の気安さもあったのだろう。通り過ぎかけた深雪は思いきって駆け戻り、彼に声をかけてみた。

「大丈夫ですか、おじいさん」

死にかけの老爺《ろうや》が弾《はじ》かれたように顔を上げる。目が異様に大きい。そのグリグリ眼《まなこ》で凝視されると、身体《からだ》が固まってしまう。声なんかかけるんじゃなかったと後悔しても遅い。

「ああ、ああ。大丈夫でございますよ」

老爺は額の汗をぬぐいつつ、不気味に微笑《ほほえ》んだ。目の印象が強くて最初は気づかなかったが、口も大きい。唇は薄いくせに横一文字に長く、まるで蛙《かえる》のようだ。目を覗《のぞ》きこむのがためらわれて視線を他へ向けようとすると、どうしても口のほうへ行ってしまう。頭から丸呑《まるの》みされてしまいそうな大口に。

「なら、よかったですわ。お気をつけて……」

ようやく言葉を絞り出すと、深雪は笑みを口もとに貼りつかせて身を翻し、仲間たちのもとへ戻ろうとした。数段駆けのぼってから振り返ると、あの老爺の姿は——消えていた。

深雪は目を疑った。手の甲でごしごしこすって再度見廻《みまわ》してみたが、あの小さな姿はどこにも見当たらない。

「どうかしたの、伊勢《いせ》の君？」

女房名《にょうぼうな》を呼ばれて深雪は同僚たちを振り仰いだ。

「いたわよね、ここに」

「誰が？」

「おじいさんが。苦しそうに肩で息して、段にすわりこんでいたわよね？」

「ええ、でも」

その女房は周囲を見廻しながら、にっこり笑った。

「もう元気になって、どこかに行ったみたいね」

それで済ませてしまっていいのだろうかと深雪は悩んだ。段を数段のぼる、たったそれだけの間に、あれだけぜいぜいいっていた老人が駆け去ってしまうなど、普通、ありえまいに。しかし、同僚はまったく気にしていない。

「早く行きましょうよ、置いていかれるわよ」

他の同僚たちはもうずっと先に進んでいる。本当に置いていかれそうだ。

「もう、待ってよ、みんな」

不気味な老人のことは頭の隅に押しやって、深雪はあわてて段をのぼっていった。

花は美しく咲き乱れて目を喜ばせてくれるし、疲れる職場から離れた場所で仲間たちといっしょだ。ほんの一瞬の邂逅《かいこう》を忘れてしまうことなど、なんら難しくはなかった。

なかったはずだったのだが……。

深雪はその夜のうちに、例の老人と再会することとなった。

参詣を済ませ、手配済みの宿の前に牛車を寄せていくと、門前で何やら騒ぎが起こっていたのだ。

好奇心を抑えられない深雪がはしたなくも牛車の物見の窓から顔を出すと、宿の主人が小柄な人物に向かって渋い顔をしているのが見えた。こちらに背を向けているので小柄な人物の顔はわからないが、脇には見おぼえのある大小のつづらが置いてある。段ですわりこんでいた老人に間違いあるまい。

「何をしているか、訊《き》いてきてちょうだい」

牛車に付き従っている従者に指示を出すと、彼はすぐさま宿の主人のもとへ走っていった。主人は深雪たちの牛車に気づくや、バッタのように頭をくり返し下げて恐縮する。そんな彼とふた言、み言話しただけで、従者は飛んで戻ってきた。

「予約でいっぱいのところへ無理に割りこもうとしている者がいるそうで。すぐ片づきますので、お気になさらずと……」

従者が報告している間にも、宿の主人は老人の衿首《えりくび》をつかんで放り投げようとしていた。深雪は従者の言葉を中途でさえぎって大声をあげた。

「わかった！　泊めさせてやって！」

どうしてまた、そんな声を出してしまったのか。宿の主人は手を止めて、驚いた顔でこちらを見ている。深雪は遅ればせながら気恥ずかしくなったが、前言を撤回するつもりもなく、牛車を彼らのそばへと寄せさせた。

「よろしいでしょう、ご主人？」

「あの、もしかして、女房さまのお知り合いのかたでしたか？」

「ええ。ちょっとしたね。予約でいっぱいだといっても、その小柄な御仁が横になるぐらいの場所はありますでしょう？」

扇を揺らしつつ、いかにも高位の女房らしくとりすました口調で言うと、宿の主人は案の定、ころりと態度を変えた。

「はい、そのくらいでしたらば、なんとか……。では、ただいま用意をさせますので、しばしお待ちを」

「あまり長く待たせないでね」

物見の窓を閉めると、牛車に同乗している他の女房たちが「なになに、どうしたの？」と寄ってきた。狭い牛車の中で移動するのも大変だが、説明するのも面倒で場所を譲ってやると、女房たちはわっと物見の窓に殺到した。と同時に、にぎやかな笑い声が起こる。

「なに、あの顔！」

「蛙みたい。かわいいっ」

「あら、あれがかわいい？」

「伊勢の君も変わった趣味よねえ」

てんでに好き勝手なことを言う女房たちを乗せて、牛車はゆるゆると宿の門をくぐった。部屋に通され、旅装を解いていると、さっそく宿の主人がやってきて、ひと通りの挨拶を述べたあと、深雪に向かって「先ほどの御老人がお礼を申し上げたいと……」と切り出す。

正直なところ、面倒だったが、無視をするのもどうかと思い直して、深雪は隣の廂《ひさし》の間《ま》へと移動した。御簾《みす》一枚を隔てて、簀子縁《すのこえん》に例の老人が平伏《ひれふ》している。深雪が裾をさばいて御簾の近くに腰かけると、老人は唐突に顔を上げた。

やっぱり蛙だ。

両の目玉をぎょろぎょろさせて、御簾越しに深雪の顔を見上げている。その大きな口がパクッと開いて、笑みらしきものを作った。

「先ほどといい、長谷寺でといい、姫さまにはいろいろとご親切にしていただき、誠にありがとうございます」

げろげろ鳴かれたらどうしようと思ったが、ちゃんと人間の言葉をしゃべっている。それも、至極まっとうな口上だ。

「礼を言われるほどではなくってよ。困っているかたに手を差しのべるのは当然のことですわ」

「まさに観音菩薩《ぼさつ》のごとき、お優しいお心。わたくし、感服いたしました」

相手が蛙でも、褒められれば嬉《うれ》しい。深雪は口もとに扇をあてて、鈴を振るような声で笑った。

「それよりも……身体の調子はいかがかしら？　長谷寺では大層お苦しそうにお見受けしましたけれど」

「はい。姫さまのお元気を少しばかりいただきましたら、もうすっかり」

妙なことを言うと思いはしたが、どういう意味かと聞き咎《とが》めるほどでもないような気がして深雪は聞き流した。

「あの直後に振り返ったら、もうお姿が見えなくて、びっくりしましたけれど、ご回復なさったのならよかった」

「しかも今宵《こよい》の宿まで、姫さまのお口添えで得ることができました。感謝のしようもございません」

「あれは別に……」

宿の主人の乱暴な対応が目に余って、つい口を出してしまっただけ。と、深雪自身は思っている。

慈善ではなく商売をやっているのだから、相手を見て態度を変える宿屋の主人が間違っているとも言いがたい。それでも、やはり目の前で露骨にやられるといい気はしない。加えて、この蛙のような老爺そのひとへの興味もあった。

「どうしてでしょうねえ。わたくしも不思議ですけど、あなたのとても個性的な顔を見ていますと、ほうっておけない気持ちになりますのよ」

正直に告白すると、老爺は大きな口をあけて短く笑った。歯が一本もない。だから、余計に蛙っぽいのだが、それにしては滑舌がなめらかなのも不思議といえば不思議だった。

「この顔もたまには役に立つものですなあ。ときに姫さま、姫さまはどちらからおいでなされましたか」

「都からですわ」

「なるほど、それで立ち居振る舞いも格別に優雅でいらっしゃる」

口がうまいな、このジジイ。と、深雪は思ったが、さすがにそんな感想はおくびにも出さない。

「弘徽殿の女御さまにお仕えしていますの。明日には、まっすぐ御所へ戻るつもりです」

「御所へ……」

ふうっと老爺は平べったい鼻から息を吐いた。

「宮仕えをなさっておいでのようなかたにお渡しするのも恥ずかしゅうございますが、礼となる品など、わたくしにはこれしかございません」

「あら、よろしいんですのよ、お礼なんて」

「ま、そうおっしゃらず」

老爺が前に差し出したのは、大小ふたつのつづらだった。

「大きなつづらと、小さなつづら。どちらがよろしゅうございますか？」

うっ、と深雪は詰まった。

ごく普通のつづらだ。豪華な金蒔絵《きんまきえ》が施してあるとか、名人の作とか、そういうこともない、実用一点張りの容《い》れ物だ。

ただし、作りはしっかりしている。汚れもほとんどない。小さいものは使い途《みち》がなさそうだが、大きいものなら季節はずれの衣装などをしまうのにちょうどよさそうだ。

「でも……どちらも大事なものなのではありませんか？」

とりあえず遠慮してみせると、老爺は「他に手持ちもございませんで」と恥じいる。もしかして、どうでもいいような品を高く売りつけようとしているのかと深雪は警戒したが、そういうわけでもなさそうだ。

「中には何が入っていますの？」

「いえ、目に見えるものは何も」

「何も入っていないつづらを運んで？　ああ、そのつづらを売っているわけね」

「売り物ではございません。しかし、先ほど申しあげました通り、わたくしにはこれしか手持ちがございませんので、姫さまにはぜひとも大きいつづらか小さいつづら、どちらかを受け取っていただきたいのでございます。ささやかな贈り物ではございますが……」

そう言われて、深雪はもちろん、大きいつづらを選んだ。

つづらは従者に背負わせて御所まで運び入れた。他の女房たちは「そんなものもらって、どうするのよ」とおかしがったが、季節はずれの衣装をこれにしまうと答えると、みんな納得してくれた。

弘徽殿内の自分の局《つぼね》で、深雪は大きなつづらを前にニンマリと笑った。情けは他人《ひと》のためならず。廻り廻って、自分のところに返ってくる。まさにその通りだ。

「じゃあ、さっそく使わせていただこうかしら」

大きな蓋を両手で取る。その瞬間。

深雪は「うん？」と首を傾げた。

中はカラだ。当然ながら。確かめたのはこれが初めてだが、あの老人もそう言っていたし、従者も軽々とかついで運んできた。何か入っていたら、かえって困る。が、蓋をあけたその刹那、深雪は感じたのだ。ふわりと頰をなでていった微《かす》かに生臭い風を。

風はつづらの中からそよいで、通り過ぎていった。振り返っても何もないし、つづらの中にも何もない。

気のせいだろうと深くも考えずに、深雪はせっせと衣装の移し替えを始めた。ようやく終わったところで、同僚が彼女を呼びに来た。

「何をやっているの、伊勢の君？　女御さまのおそばへ早く行きましょうよ」

「はいはい、いま行くわ」

弘徽殿の女御の御前へと出向くと、美しい女主人のまわりにはすでに多くの女房たちが集まって長谷寺詣での話を披露していた。どうやら、話題のひとつとして例の老人のことが出たらしく、深雪の顔を見た途端に女御はくすくす笑い出す。

「伊勢の君は長谷寺で出会った素敵な殿方から贈り物をいただいたんですってね」

「まあ、もうお聞きになったのですか」

茶目っ気たっぷりに返すと、他の女房たちも笑った。

「目などこのように大きくて、口も横まっすぐで、まるで蛙のよう」

「あんな顔、初めて見ましたわ」

「長谷寺の池に棲《す》む蛙の精だったらどうするの、伊勢の君？」

「蓮《はす》の葉に書かれた恋文が届くかもよ」

そんなふうにふざけ合って、女同士のおしゃべりは弾んだ。

楽しい時間は経《た》つのが早い。いつの間にか陽《ひ》が沈んで夜が来る。女官たちが燈台《とうだい》に油を注ぎ、火をともす。

長谷寺詣での報告が終わってからもおしゃべりのネタは尽きることはなく、女御と女房たちは楽しく語り合った。それでも、夜がふけていくと、次第に女房の数も減ってくる。眠くなってきた者からこっそりと自分の局へと退出、あるいは居眠りができるような柱の陰へと下がっていったのだ。

深雪も遠出の疲れから、強烈な眠気に見舞われていた。もっと女御のそばにいたいが、これには勝てそうもない。

(そろそろ退出しようかしら……)

さりげなく周囲を見廻し、頃合いを見計らっていると——ふいに床が縦に揺れた。

あっと思った次の瞬間には、ぐらぐらと大きな横揺れが襲う。女房たちは悲鳴をあげて隣にいる同僚に抱き着いた。

居眠りをしていた女房たちも跳ね起き、悲鳴をあげて、またうずくまる。柱にしがみついて泣いている女房もいる。

弘徽殿の女御は袖で顔を押さえ、身を伏せている。その上に、お忠義者の小宰相《こさいしょう》が身を挺《てい》して女主人を守ろうと覆いかぶさっている。

几帳《きちょう》が、衝立《ついたて》が倒れ、厨子《ずし》の上に置かれていた香炉がひっくり返って砕け散る。天井の梁《はり》がぎしぎしと音をたてて軋《きし》み、殿舎はいまにも崩れそうだ。

それほど激しい揺れが、突然、ぴたりと止まった。

ホッとした女房たちが顔をあげたそのとき——男とも女ともつかぬ者の笑い声がどこからともなく響き渡った。不気味な笑い声は長くは続かなかったが、女房たちはおびえ、ばたばたと気を失う。そうはならなかった者もすっかり取り乱して甲高い声を放つ。

「誰か！　誰か来てくださいまし、一大事でございます！」

騒然とする現場で、深雪は泣きもせず取り乱しもせず、すわりこんでいるだけだった。

突然のことに呆然《ぼうぜん》としていたのだが、本当に驚いたのは、この地震が弘徽殿だけの出来事だったと聞いてからだった。


「おとといの夜、地震があったかって？」

簀子縁の勾欄《こうらん》から身を乗り出して問いかける深雪の顔をみつめ、夏樹は首を横に振った。

「いや……おとといは宿直《とのい》してたから蔵人所《くろうどどころ》にいたけど、全然」

「だらしなく寝こけていたんじゃないの？」

むっとした夏樹はつっけんどんに言い返した。

「ずっと起きていたよ」

だいたい、勤務中にいきなり弘徽殿に呼びつけておいてこの言い草はないと思う――まあ、いつものことだし、いとこは普段からこういう物言いをするたちだとわかっているから本気で腹を立てたわけでもない。そんなことよりも、彼女のこの質問で、今日、小耳にはさんだ信じられない話が事実なのだと判明したことに夏樹は驚いていた。

「じゃあ、あれって本当だったんだ。弘徽殿だけに地震があったって」

「そうなのよ」

深雪は思いきり渋い顔を作った。彼女がそういう表情を見せるのは、御所の中では夏樹だけと言っても過言ではない。もっとも、夏樹はそれを光栄だとは露ほども思っていないが。

「すっごく揺れたのよ。もう、立っていられないくらいに。いろんな物が倒れてくるし、本当に怖かったわ。幸い、怪我人は出なかったけれど、他でも絶対大変なことになってると思ったのに——騒ぎを聞いて駆けつけてきた女官なんか、きょとんとしているんですもの。地震なんか知らないって言われたって、こっちは信じられないわよ」

しかし、それが事実なのだ。おとといの夜、大地は微動だにしなかった。弘徽殿だけが災難に見舞われたのである。

「寝ぼけていたとか……」

「弘徽殿にいた者全員が？　少なくとも、わたしはちゃんと起きていたわよ。几帳も倒れたし、香炉だって割れたのよ。燈台の火は近くにいた女房がとっさに吹き消したからよかったけど、もし油がこぼれて火が広がったりしたら、わたしたち、焼け死んでたかもしれないのよ」

「そう興奮するなよ、深雪」

「だって、生死にかかわるじゃないの。しかも、そのあとに気味の悪い笑い声まで響き渡ったんだから！」

「やっぱり、物の怪《もののけ》だろう。揺れも、地震じゃなくて物の怪のしわざ」

あまりにも狭い範囲の揺れ。直後の哄笑《こうしょう》。不可解な出来事はなんでもかんでも物の怪のしわざとされるのがこの時代の常だが、ここまで異常な事件が発生したなら誰でもがそう思うだろう。

「当然、僧侶を呼んで物の怪退散の加持祈禱《かじきとう》をやらせたんだろう？　いまも護摩焚《ごまた》きのにおいがしてるもの」

夏樹がくんくんと鼻を鳴らすと、深雪はいやそうにうなずいた。

「おかげで、せっかく香を衣装にたきしめようとしても護摩に負けちゃうのよね。ああ、いやだ。抹香くさい」

「おしゃれより身の安全のほうが大事なんじゃないか？」

「効くならいいわよ、効くなら」

深雪が興奮して檜扇《ひおうぎ》で勾欄をばしばし叩《たた》くので、夏樹はさりげなく一歩後ろにさがった。優雅な檜扇も彼女が握れば殺傷能力の高い凶器になってしまうのだ。用心が必要である。

「もしかして、このうえまた何かあったのか？」

「そうなのよ。加持祈禱はさっそく昨日から執り行われているっていうのに、昨日の夜中にね、ここの女童《めのわらわ》が御簾の前を人影が横切っていくのを見たんですって。誰かしらと思ってすぐに簀子縁を覗いてみたのに」

「簀子縁には誰もいなかった」

「その通り。女童はすっかりおびえてびいびい泣いちゃうし、そういう話を聞いちゃったせいか、昨晩は軒並みみんな、うなされてるの。すっごく息苦しくなって目が醒《さ》めるんだけど、指一本動かせない金縛り。しかも、何かが胸の上に乗っているんですって。怖くて怖くて気を失って、次に目を醒ましたら朝になっていたって証言した女房が、ひい、ふう……五、六人はいたかしらね。気の弱い子なんかは、さっそく暇乞《いとまご》いして実家に戻っちゃったわよ」

「それは困ったな」

「だからね、お坊さんの効かない加持祈禱より、陰陽師《おんみようじ》の力にすがったほうがいいって女御さまに進言さしあげたんだけど……間の悪いことに、賀茂《かも》の権博士《ごんのはかせ》どの、いま都にいらっしゃらないんですってね」

そのことなら、夏樹も知っていた。なんでも、吉野《よしの》のほうで何事かあって、その解決に都いちばんの陰陽師と噂に高い賀茂の権博士が名指しで呼ばれたらしい。

「いないものは仕方ないよな」

「ええ。でも、加持祈禱も効かないような強い物の怪に、賀茂の権博士どの以外の陰陽師が対抗できるとも思えないし。となると、ここは師匠の権博士どのに優るとも劣らぬ——」

「一条《いちじょう》なら、いないよ」

夏樹が言うと、深雪はカッと大きく目を見開いた。

「どうしてよ⁉」

「どうしてって、師匠の仕事の補助に弟子が就くのは不思議でもなんでもないだろ？　権博士どのと吉野へ行っちゃってるよ」

「なんてこと」

深雪は雷にでも撃たれたかのように大きくのけぞり、天を仰いで苦悩のうめきを洩《も》らした。宮廷女房にあるまじき大袈裟《おおげさ》な動きに警戒心を強め、夏樹はいとこからさらに距離をとった。

「むこうでの仕事が長引いたりしていなかったら、そろそろ戻ってきてもおかしくはない頃だけど……」

「それまで我慢しろっていうの！」

予想した通り、不満を爆発させた深雪が檜扇で殴りかかってきた。が、前もって距離をとっていたのが幸いし、檜扇は空振りする。

「逃げるなんて卑怯《ひきょう》よ」

「んな、むちゃくちゃな」

夏樹は大きく手を広げて嘆息した。彼女がいらだつのはわかる。ただでさえ気の張る宮仕え、深雪はさらに巨大な猫をかぶり、本来の自分を抑えこんで弘徽殿での日々を送っているのだ。本性を知る身内を相手に憂さ晴らしをしたいのだろうが……夏樹とて殴られれば痛い。そうそう毎回、相手をしてはいられない。

「そんなに言うなら、いまひとり、陰陽師の知り合いがいるだろ。そいつに頼めばいいじゃないか」

「陰陽師の知り合いなんて他にいないわよ。その場限りのごまかしで逃げようったって、そうは――」

「真角《ますみ》だよ」

檜扇を振り廻してまくしたてようとした深雪が、夏樹の指摘にぴたりと動きを止めた。代わって、彼女の手入れされた眉がぴくぴくと蠢《うごめ》く。

「なるほど……その手があったのね。ありがと、夏樹。恩に着るわ」

「いえいえ、どういたしまして」

すぐそこにある危機はさけられた。あとで真角に文句を言われなければよいがと夏樹は少しばかり胸を痛めたが、そんな心配はまったく必要なかった。

その夜、深雪の局にこっそりと忍んでいく人影があった。宮廷の女房ともなれば、恋人のひとりやふたり、夜中に忍んでくるのは当たり前。まして、弘徽殿ではふた晩続いた怪異のせいで暇乞いする女房も増え、見咎める者もいない。

しかし、深雪は見た目の派手さの割りに身持ちは堅かった。なにしろ彼女は夏樹ひとすじ。心にそう決め、他の公達《きんだち》からのお誘いは片っ端からはねのけ続けている。夏樹をやたらと檜扇で殴りつけるのも、それはそれ、純愛の裏返し的側面もあった。

そんな彼女の局に男の人影。夏樹ではない。さらに言うなら成人男子でもない。烏帽子もかぶらず、長い髪を後ろで結わえているのがその証拠だ。

元服前の少年は、局で待つ深雪の前にためらいつつ進み出た。

「お待たせいたしました、伊勢の君」

彼――真角は賀茂の権博士の実弟、有能な陰陽師を輩出してきた賀茂家の出である。当人ももちろんその才に恵まれていたが、彼は陰陽師でもないし、その候補生の陰陽生《おんみょうしょう》でさえない。家業を継ぐことを頑《かたく》なに拒否し続けている。

「ごめんなさいね、こんな夜分に急に呼び出しなどかけて」

「いえ、伊勢の君がお困りでいらっしゃるのなら、ぼくはいつでも……」

真角は少年らしい柔らかそうな頬を赤く染めてうつむいた。その反応に、深雪は心の中で、よしっと拳を握る。とっておきの装束を身にまとって、化粧にも気合を入れた甲《か》斐《い》があったというものだ。

真角は年下ながら深雪に惚《ほ》れこみ、せっせと文を送ってくれていたのだった。兄の賀茂の権博士も彼女宛てによく文を送る。そんな兄への対抗意識もあるだろうし、少年期特有の年上の女性への憧れというものだろうと、深雪はいままで真角のことは深く受け止めてはいなかった。

とはいえ、賀茂の権博士も一条も都にいないこの場合、彼の陰陽師としての才能に頼らざるを得ない。夏樹の指摘でそう思い至り、弘徽殿の怪異が頻発して困っている旨を文にしたためて送ったところ、さっそく真角が忍んできたのである。

夏樹は真角に迷惑をかけたかもと心配していたが、それも単なる杞憂《きゆう》だったといまの彼の顔を見ればわかるだろう。真角は深雪にふたりきりで逢《あ》う機会を与えられただけで、素直に喜んでいるのだ。陰陽師にはなりたくないと主張して父親と衝突しているくせに、深雪の求めにすぐ応じたことでも、それがわかるというもの。

それでも、深雪はとりあえず言ってみる。

「陰陽師にはなりたくないとずっと言っているあなたに、こんなことを頼むのもどうかとは思うけれど、賀茂の権博士どのも一条どのも都にはいらっしゃらないし」

「どうか、ご安心を。何もかもぼくに任せてください、伊勢の君」

兄の名のみならず、一条の名を出したのが効いたのか、真角はさっそく用意を始めた。といっても、懐から細長い竹の棒——筮竹《ぜいちく》の束を取り出しただけだが。

「これで怪異の源を占います。まず、相手の正体を知らなくては何もできませんからね。それから、的確な対処法をとって……」

説明しながら、真角は手をこすり合わせて筮竹をかき混ぜた。じゃらじゃらと棒の擦《こす》れ合う音が局に響く。彼が手を左右に開くと、筮竹はぱらぱらと床に散らばった。

深雪には、ただの棒が複数、転がっているだけにしか見えない。しかし、真角はその配置から何かを読み取ったのか、「あれっ？」と不思議そうにつぶやいた。

「どうかしたの？」

「あ、いえ」

言いよどんで、真角は筮竹を拾い集めた。

「もう一回、やってみます」

じゃらじゃらじゃら。ぱらっ。

再度、床に散乱した筮竹を眺めて、真角は途方に暮れたような表情を浮かべた。見ている深雪のほうが気の毒になってくる。本格的な修行を積んでいないこの子には荷が重かったのかしらと思っていると、彼は言いにくそうに口を開いた。

「伊勢の君……」

「なあに？」

「占いの結果なのですが」

真角は上目遣いに深雪の顔を見つめて、御託宣をした。

「怪異の源はこの局の中、と出ております」

燈台の火がふらふらと揺れた。それに合わせて、壁に映ったふたりの影も揺れる。

深雪はため息をついた。

「そんなはずはないでしょう？」

相手が夏樹だったら、すかさず檜扇でぶん殴っている。「なに言ってるのよ。それってもしかして、弘徽殿の怪異はわたしのせいだってこと？　冗談はよしてよね！」といった叫びとともに、哀れ、夏樹は血祭りだ。

そんな罵声は実際には発せられなかったが、身の危険を本能的に感じたのか、真角はあわてて筮竹を搔《か》き集めた。

「ですよね。では、みたび」

真角は三度目の正直とばかりに、ひとしきり念入りに筮竹を混ぜ合わせてから、勢いよく床に放り投げた。

ばらりと散った筮竹のうち、一本が先端から床に落ちる。大きく跳ねたそれは、局の片隅にまで飛んでいった。深雪も真角も驚いて、その軌跡を目で追う。

きれいな放物線を描いて、筮竹が行きついた先には大きなつづらが置いてあった。つづらに細い筮竹がぶすりと突き刺さる。その途端、つづらがぐらぐらと震え出した。

今回は地震ではない。床板はそのまま、つづらだけが上下に激しく揺れているのだ。

深雪も真角も、同時に「ひぃ」と悲鳴をあげてのけぞった。

「なに？　なに？　なんなのよ、これ⁉」

「わかりません！」

ふたりはがっしとお互いの腕をつかんだ。双方とも、相手に逃げられては困ると無意識に思ったのかもしれない。

「伊勢の君、あの中には何が入っているんですか⁉」

「季節はずれの装束しか入れてないわよ！」

その言葉を証明するかのように、蓋ががくんと後ろにさがって、中からどんどん衣類があふれ出てきた。色とりどりの袿、白い単衣《ひとえ》、緋《ひ》の袴《はかま》、全部深雪のものだ。

「ちょっと、やめてよ！」

せっかく片づけた衣類をぶちまけられ、深雪は顔を真っ赤にして怒鳴った。しかし、つづらは言うことを聞かない。中身を全部吐き出したあとでさえ、何かを出そうとしている。

その何かとは——肉塊だ。

白くて、ぶよぶよとして、黒っぽい毛がまばらにちょぼちょぼ生えていたりする。手だの足だのといった器官は一切ない。不定形に膨れあがり、つづらの中から這《は》い出てこようとしている。

深雪はまた「ひい」と悲鳴をあげた。こんなものが自分の局に出現したら、それは驚くだろう。

真角は果敢にも前に飛び出していく。好きな女を守らなくてはと思い詰めた顔をして。つづらの蓋を拾いあげ、自らの身体を重しにして肉塊の上にかぶせたのである。

蓋は閉まった。がくん、がくん、と二度揺れたのち、大きなつづらはおとなしくなる。それでも、しばらく真角は蓋を全身でもって押さえこんでいた。

元服前の少年が女房の局で夜中、大きなつづらに真上から抱きついている光景というのも、はたから見るとすこぶる奇妙だ。しかし、深雪はとても笑えなかった。

「あ、ありがとう……。もう大丈夫みたいよ……」

深雪にそう言われて、真角はおそるおそるつづらの上から降りた。再び蓋があくようなことはない。つづらは何事もなかったかのように沈黙している。

いっそ夢であったのならよかったのだが、あたりに散乱する衣類があれは現実だったのだと教えてくれている。

「衣装……片づけましょうか？」

「片づけるって、あの中に？」

深雪は派手に身震いした。散らばった衣類を片づけたいのは山々だが、つづらの蓋をあけて、またあの肉塊がでんでろでんでろと噴き出してきたら困る。

「このつづら、どこで手に入れたんですか？」

「初瀬に行ったときに、見知らぬおじいさんにもらって……」

深雪は説明の途中で、あっと声をあげた。

「そういえば、初瀬から帰ってきた晩に怪異が始まったんだわ」

「じゃあ、もしかして」

ふたりはつづらをじっとみつめた。どこにでもありそうな、なんの変哲もない大きなつづらを。

「ぼくの占いでは、怪異の源はこの局にあると出ました」

「じゃあ、このつづらが？」

真角が青ざめた顔でうなずく。

「おそらく」

「なんてジジイなの！」

宮廷女房の慎みをかなぐり捨てて、深雪はすさまじい形相で吼《ほ》えた。

「恩をあだで返すとはこのことだわ！　せっかく親切にしてやったのに！　真角!!」

「はいっ」

いきなり名前を呼ばれ、真角は文字通り飛びあがった。

「な、なんでしょう？」

「このつづら、どこかに捨ててきてちょうだいっ」

「捨てるんですか？」

「だって、ここには置いておけないじゃない。これのせいで、弘徽殿中、大変なことになっているのよ。だからね、真角、さっきの出来事はわたしちたちふたりの胸の奥にしまって、こっそり、こっそり、誰にも見咎められぬように、つづらを外に運ぶの。源がなくなってしまえば、もう怪異は起こらないんでしょ？　平穏になれば、みんなは、あ、お坊さまがたの二日がかりの加持祈禱が効いたんだわって胸をなでおろして、八方丸く収まるわけよ」

怪異の源を自分が外から運びこんできたと他人に知られたらまずい。そんな保身の気持ちが働いて、深雪は必死に真角をかき口説いた。

「しかし、どこへ運べと……」

「いいわ、任す。真角にあげちゃう」

「いりません、いりませんってば」

「捨てるのが駄目なら、賀茂家で使えばいいじゃない。こんなに大きいんだから収納力は抜群よ。お買い得よ。いまならもれなく、お肉の塊みたいな物の怪がついてくるのよ。怪しい笑い声とか、人影とか、局地的な地震までオマケしちゃうわよ」

「勘弁してくださいよ、伊勢の君」

真角は必死に抵抗したが、深雪にはとても勝てなかった。結局、無理矢理に大きなつづらを背負わされてしまう。

「これ、軽いですね……」

「見たところ、中に詰めた衣装は全部吐き出されたみたいだけど、確かめてみる?」

「いいです」

蓋は紐《ひも》でしっかりと固定した。いまさら中を改めて、またあの肉塊に出てこられては困る。

「このつづらをくれたじいさんも言ってたわ。目に見えるものは入っていないって。いま考えると、そういうことだったのね」

「とりあえず、つづらは陰陽寮《おんみようりよう》に持っていきましょう。兄にも協力してもらって、これの正体をつきとめるよう努力しますから」

「そうしてくれるとありがたいわ。で、お兄さまはいつお帰りになるのかしら」

「さあ、いつになりますやら。まさか、都に帰る道までは忘れないでしょうから、ここ二、三日中に帰ってきますよ」

「だといいけれど」

「ええ。見た目はきちんとしていそうなくせに、実際は抜けまくっていますからね」

身内の謙遜ではなく、歴然とした事実である。

「でも、その分を補うくらい小ずるいとこもありますし」

兄弟とはいえ、恋の競争相手。それを意識してか、真角はちくりと皮肉を言った。

「では、怪異のもとはぼくが持っていきますから、伊勢の君もご安心なさってくださ い」

「ありがとう、真角。恩に着るわ。できれば陰陽寮じゃなく、御所からうんと遠いところに捨ててきてくれるともっとありがたいんだけど」

それは無理ですよと苦笑して、真角は局から出ていった。

大きなつづらを背負った少年の後ろ姿は夜逃げを連想させる。警固の武士に呼び止められたらなんと言い訳するつもりなのか——秘《ひそ》かにそんな心配をしながら、深雪は真角を見送っていた。

その頃、弘徽殿と同じく後宮《こうきゅう》内に建つ承香殿《しょうきょうでん》では、女の高らかな笑い声が響き渡っていた。

怪異が承香殿にまで飛び火したわけではない。承香殿の女御が、自分に仕える女房たちから話を聞いて笑っているのである。もちろん、このとき披露された話とは弘徽殿で頻発する怪異の噂であった。

「あら、まあ、そのようなことが。弘徽殿の女御さまもお気の毒に」

そう言いながら、承香殿の女御は実に心地よさそうに笑う。同情している顔では、けしてない。

「それで、読経《どきょう》の声が聞こえていたのね。あんなものをずっと聞かされて気が滅入《めい》っていたのだけれど、そういう理由があるのなら仕方ないわ。我慢しなくては」

「なんとお優しい女御さま」

承香殿の女御に仕える女房たちはこぞって彼女を褒めたたえた。女御と女房は運命共同体。敵陣営の不幸が嬉しくないはずもなく、女房たちもニコニコ顔だ。

「あまりに不気味なので、弘徽殿のほうでは女房たちも次々に暇乞いを申し出ているとか。こういうときにこそ、忠誠心が試されるものですのに、頼りにならない女房ばかりですのね」

「弘徽殿の女御さまもさぞ失望なさっておられることでしょう」

「万が一、この承香殿に同じようなことが起こっても、わたくしたちはけして女御さまのおそばを離れませんわ」

女房たちの言葉を信じたのかどうか、承香殿の女御は余裕たっぷりに微笑んだ。

「嬉しいこと」

そしてまた、高らかに声をあげて笑う。女房たちも主人に追従《ついしょう》するように声を張りあげて笑う。怖いくらいに華やかな合唱が、夜の承香殿中に響き渡った。

その陽気な声も、さすがに深雪の局にまでは届かない。もし届いていたなら、深雪は怒りのあまり承香殿に夜討ちをかけていたかもしれないが、つづらがなくなったことでもう怪異は起こるまいと信じきって熟睡している。

その彼女が寝返りを打って、まぶたを震わせた。

ぐっすり眠っていたのに、いきなり目が醒めてしまう。理由は彼女自身もわからない。目をあけても、燈台の火を落として蔀戸《しとみど》も閉めきっているので真っ暗だ。

深雪は夜具を肩までずりあげて、再度寝返りを打ち、眠り直そうとした。が、閉じた目をまたあける。違和感があったからだ。

何に違和感をいだいたのか。自分でも不思議に思って目をこらす。そうしたことで、理由がはっきりした。

真っ暗闇のはずなのに見えていたからだ。

局の隅に置いた几帳が。その後ろに誰かがいるのが。艶やかな黒髪が、几帳の後ろから床に長くのびているのが。

深雪は息を呑んだ。気づかなかったふりをして眠ってしまうべきだとわかっているのに、目が離せない。ただじっと、見通せないはずの闇を見通し、そこにいないはずの誰かの丈なす黒髪を見ている。

すると、几帳の帳《とばり》の端にむこう側から手がかかった。ふっくらとした、女の指。几帳のむこうの誰かが、こちらを覗こうとしている。やめて、と言いたくても声が出ない。

顔が半分、几帳の後ろから出てきた。知らない顔だった。いままでに一度でも逢っていたなら、けして忘れないような特徴的な風貌をしていた。

黒髪に縁取られた顔の輪郭はまるでヒョウタン。額が丸く突き出て、鼻はほとんど存在が見分けられないくらい低い。頬はぷっくりと膨らんでいる。半月形の目と目はひどく離れて位置し、口はひとたびあいたら顔の下半分すべてを占めそうなほど大きい。

ヒョウタン顔の女房は、深雪にむかってにっかりと笑いかけた。耳まで裂けた真っ赤な唇の間に、とても丈夫そうな真四角の歯が覗く。お歯黒がべったりと塗られている。

愛敬《あいきよう》のある顔だとは思ったが、そんな感想とは裏腹に、深雪は気《ひ》を失《ざ》ってしまった。

次に気がついたときには、すでに朝——蔀戸の隙間から明るい陽射しが洩れて、局の中は何があるかはっきりとわかるほどには明るい。

起きあがった深雪がいちばん先に確認したのは几帳の後ろだった。なかば予期していた通り、あのヒョウタン顔の女房の姿はなかった。髪の毛の一本も残されていない。

では、夢だったのか。そうとも言えないと深雪は思った。

几帳の後ろに女はいない。だが、昨夜、真角に持たせたはずの大きなつづらが、そこにでんと居座っていたのである。


「これはどういうことかしら」

呼び出しを受けてまたこっそりと局にやってきた真角に深雪がそう切り出すと、彼は青くなってうつむいてしまった。

「確かに昨夜《ゆうべ》、陰陽寮の塗籠《ぬりごめ》につづらを運んだのですが……。伊勢の君からのお文を見て、あわてて確認しましたら、その場につづらはなく……」

「じゃあ、つづらは歩いて戻ってきたのね」

なるべく抑えた口調でいようとしても難しい。気味が悪いのと腹立たしいのとで、ついつい真角に当たり散らしたくなる。

「まあまあ、そんなにいじめなくってても」

助け船を出したのは夏樹だった。相談相手として、いとこの彼もこの場に呼ばれていたのだ。

「とにかく、このつづらが怪しいことは確実で、しかも移動させてもいつの間にか戻ってくるってことなんだろ？　だったら――」

「だったら？」

「深雪のとこに置いておくしかないだろ」

殺されかねないような鋭い目で睨《にら》まれて、夏樹はすぐさま付け加えた。

「権博士どのと一条が戻ってくるまで」

「いつ戻ってくるのよ！」

「あおえに伝言を頼んでおいたから、戻り次第、弘徽殿に来てくれると思うよ」

「ぼくも、兄上宛ての伝言を、実家と陰陽寮のほうへそれぞれ残しておきましたから」

「冗談じゃないわ。今夜もヒョウタン女房が枕もとに現れたらどうしてくれるのよ。つづらの中から、ぶよぶよのお肉があふれてきたら、どうすればいいのよ」

「ヒョウタン女房に、ぶよぶよのお肉……。でも、昨夜はそれだけだったんだろ？　弘徽殿の中で、その他の怪異は起こらなかった。加持祈禱が効いたのか、昨夜は誰も何も見てないって話、ここに来る途中で小耳にはさんできたよ」

「そうなのよ」

深雪は心底困った顔になった。

「わたしのとこだけよ……。でも、女御さまがホッとなさっておいでの様子を見ていると、お肉とヒョウタン女房のことは報告できなくって」

「そのつづら、伊勢の君のことが気に入って、離れたくないと思っているのやも」

「よしてよ！」

深雪は真角に向かって、シャアッと毒蛇のように歯を剝《む》き出して威嚇した。

「じゃあ、わたしがここにいるから弘徽殿で怪異が起きるって言いたいの⁉」

「まあまあ、落ち着いて」

おびえる真角をかばって夏樹が間に入る。

「深雪がつづらといっしょにどこか別の場所へ移動して、一夜をすごせば簡単に証明できることだよ。深雪のいない弘徽殿で怪異が起こるとか、つづらが深雪をほったらかして勝手に弘徽殿に戻っているなんてことが起これば、この仮説は成り立たない。弘徽殿で何事もなく、深雪とつづらの周囲でのみ何かあれば、成立」

「成立したら、どうすればいいのよ。つづらにとり憑《つ》かれた女房だなんて、わたし、宮仕えもできなくなるじゃない」

「でも、原因がはっきりすれば対処もしやすくなりますよ。兄も戻ってきたらきっと協力してくれるはずですし」

深雪はうめき声をあげて脇息《きょうそく》の上に顔を伏せた。物の怪にとり憑かれたなどと認めたくはない。だが、夏樹や真角の言うことが正しいのもわかる。つらいところだ。

「じゃあ、わたしが大きなつづらをかかえて弘徽殿を出れば……、すべては丸く収まるのね……」

「つづらが弘徽殿じゃなく、深雪本人につきまとっているのなら、たぶん。その可能性のほうが高いしね」

「女御さまのために……」

半分涙声になって、情感たっぷりにつぶやく。夏樹はどこかの馬頭鬼《めずき》を思い浮かべてしまってなんとも言えずにいたが、真角は違った。悩める彼女を救いたい一心で力説する。

「ご安心ください、伊勢の君。若輩者のぼくですが、命に代えてもあなたをお守りし、つづらの物の怪を退散させてやります！」

「そんな、命に代えてだなんて……」

「本当です」

「こんな物の怪憑きの女に、そこまでしてくださらなくても……」

「いいえ、ぼくのできることでしたらなんでもいたしましょう。すべては伊勢の君のために！」

「なんでも？」

深雪は脇息に伏せていた顔を勢いよく上げた。その目は涙で潤んでなどいない。獲物をみつけた虎のようにぎらぎらと輝いている。

「本当になんでもやってくれるのね？」

いまさら否やは言えるはずもない。ひきつった顔でうなずく真角を横目で見やって、夏樹は「かわいそうに」と誰にも聞こえないように小さくつぶやいた。

その夜遅く、弘徽殿からこっそりと人影が忍び出てきた。

背中に大きな荷物をしょっている割りに、その足取りは軽やかだ。よほど軽い荷物らしい。長い髪は束ねてあり、水干《すいかん》を身にまとっている様子。してみると、元服前の小《こ》舎人童《どねり》かと思われたが——

物陰にひそんでじっと待っていた夏樹はその人影に向かって、「こっちだよ、深雪」と呼びかけた。夜陰に乗じて弘徽殿から出てきたのは男装した深雪、背中の荷物はもちろん、あの大きなつづらであった。

「誰かにみつからなかったか？」

心配する夏樹に、彼女はぐいと親指を突き立ててみせた。

「完璧よ。わたしのほうも、真角のほうもね」

彼らがたてた計画とはこうだ。

まず、昼間は深雪が普通に弘徽殿で宮仕えをする。夜になったら、適当な理由をつけて早めに局に下がる。そこで深雪は動きやすいように男装し、問題のつづらをしょって弘徽殿を出る。

局には真角が残り、深雪の代わりに夜具をかぶって寝たふりをする。万が一、他の女房が彼女を呼びに来ても、声色《こわいろ》を真似《まね》た真角が「頭が痛くて起きられないわ」とでも応えて追いはらってしまえばよし。

深雪がつづらごと宿下がりをすればもっと簡単なのだが、初瀬の寺参りに行ってきたばかりでは暇乞いもしにくい。まして、弘徽殿に出る物の怪が怖くて、女御を見捨てて逃げ出したのだと思われるのは絶対いやだと彼女が強く主張したため、こんな面倒なことになったのである。

「わぁお、なんだかどきどきするわね」

物の怪に憑かれているかもしれないのに、深雪ははしゃいでいた。大きなつづらを背中にしょって、満面の笑みを浮かべている。夜歩きも男装も、嬉しくて仕方ないらしい。

「怖くないのか？」

「夏樹がいっしょだもの」

かわいいことを言うと思いきや、

「いつか言ったでしょ。水が高いところから低いところに流れるように、世の中にはなぜか災難を身に引き寄せてしまう人間がいるって。その代表格みたいな夏樹といっしょなんだもの。何かあったって、最終的に苦労するのはそっちで、わたしは無事なのよ」

「どういう論理だ」

「いままでの経験から弾き出した答え。さっ、行きましょ行きましょ」

なるべくひとに見られないようにと注意して、ふたりは足早に歩いた。どうしても警固の者をごまかせないところは、蔵人とお供の小舎人童ということにしてやり過ごし、なんとか無事に御所の外へと出る。

あとは正親町《おおぎまち》の一条の邸《やしき》へ行き、深雪とつづらにそこで一晩すごしてもらって、夜明け前にまた弘徽殿に戻せばいい。邸のあるじはまだ帰宅していないが、留守番役のあおえとはもう話がついている。たとえ、深雪の周辺で怪異が起こっても、どうせあの家はもとから物の怪邸と呼ばれていたのだ、騒ぎにはなるまい。

「あおえにはヒョウタン女房とか、そういう話はしてないんだ。それを言ったら厭《いや》がられるかと思って」

「確かに。あおえどの、馬頭鬼のくせに怖がりだから」

「だから、そこのところ、うまくごまかしてくれよ」

「わかったわ。ああ、でもなんだか、男装して御所を秘かに抜け出し、夜の京をひた走るわたしって……まるで物語の中の女盗賊みたいじゃない？」

状況のひどさも顧みず、深雪は呑気《のんき》なことを言い出す。怖さを紛らわすためなのか——いや、本気だろう。夏樹は呆《あき》れて返事もしなかったが、それでも彼女の独白は続いた。

「袴も指貫《さしぬき》ならいいわよね。足首のとこをぎゅって縛ってあるから動きやすいし。これで男装がクセになってしまったらどうしましょ。そんな物語もあったわねえ。男装した姫君に恋をしてしまい、苦悩する公達の出てくる物語が。もしかして、わたしの身にもそんなことが起こったりして。うふっ、うふふふふ」

下手に妄想の邪魔はすまいと夏樹は決めていたが、道のむこうから馬が闊歩《かっぽ》する音が聞こえてきたので、やむなく口を開いた。

「深雪、誰か来るみたいだから静かに……」

言い終わらぬうちに、深雪が「ぎゃあ」と叫んだ。驚いて振り返った夏樹は、息を呑んで凍りついた。深雪が背負ったつづらが、がくがくと左右に大きく揺れ動いていたのだ。

「いきなり動き出したわ、これ！」

深雪は悲鳴をあげ、背負い紐をはずそうとする。しかし、あわてているのと、つづらが激しく動くのとで、なかなか紐をはずせない。そうしているうちに、つづらの蓋が内側から勢いよく押しあげられた。

蓋は高く跳ねあがる。そして、つづらの中から、深雪の頭越しに異形《いぎょう》のものが顔を出した。

「いやあああ！」

何が起こったのかもわからないまま、深雪が悲鳴をあげた。つづらから出現したものが見えている夏樹は、声も出せない。

つづらの中から現れたのは、通常の三倍はありそうな巨大な入道の顔だったのだ。しかも、ひとつ目。蛇腹じみた首はするするとのび、奇怪な顔が大蛇が鎌首をもたげたように揺れる。大きな福耳もたぷたぷと揺れる。

いくらつづらが大きいからといって、こんな大入道が収まるはずがない。いまでさえ、女の深雪が軽々としょいこんでいるのだから、中身は絶対にカラだったはずだ。

そんな理性的な考えを吹き飛ばすように、大入道は真っ赤な口をあける。縁に両手をかけて、つづらの中から出てこようとする。

われに返った夏樹は、そうはさせるかと、腰に下げていた太刀《たち》を鞘《さや》から走らせた。

今宵も伝家の宝刀は、美しく光り輝いている。月光の反射などではない。太刀そのものが、まばゆい破魔《はま》の光を放っているのだ。

「出たな、物の怪」

光が凝固したような刃を大きくひと振りすると、深雪が血相を変えてあとずさった。

「やめて！　やめてよ、夏樹！」

「早く、つづらを放り投げるんだ！」

「だって、紐がはずれないのよ!!」

あわてふためく深雪の頭上で、大入道は長い舌を垂らし、声を出さずに夏樹を嘲笑《あざわら》っている。さらに、いきなり口を全開にして、深雪を頭から呑みこもうとする。

「危ない！」

「ひええ！」

光の軌跡を描いて、太刀が美しく舞う。大入道の蛇腹首を一刀両断のもとに斬り捨てる——はずだったが、果たせなかった。深雪がじたばたと逃げ廻ったからだ。

「な、な、夏樹！　まさか、この期に乗じて、わたしを殺そうとしてるんじゃないでしょうね!?」

「違うよ！　じっとしてろ、いま助けるから」

「ひいっ」

じっとしてろと言われても、真剣な形相で間近に太刀を振るわれると、ついつい逃げてしまうのがひとの性《さが》。まして、深雪には永年いとこの彼を、ことあるごとにいじめていた自覚がある。

「助けてえええ」

逃げ廻る深雪の背中で、つづらから半分身体を出した大入道の、蛇腹の首がびろんびろんと弾んでいる。垂らした赤い舌はれろれろれろと左右に揺れ、福耳もたぷたぷ。滑稽なありさまなのに、なぜか大入道の表情は難しい思索にふけっているかのように哲学的だ。

「深雪！」

こうなったら、つづらの大入道よりこちらが先だと思い、夏樹は逃げる深雪の前にまわって太刀を横に振るった。鋭い切っ先がぎりぎりのところで、背負い紐だけを両断する。途端につづらが彼女の背中から転がり落ちる。

横倒しになったつづらから、大入道が飛び出してきた。

そればかりか、ヒョウタンのような顔をした女房がケタケタ笑いながら這い出てくる。

そのあとから、鳥の顔をした童が続く。

中心に輝く目をもった黒い毛玉も転がり出てくる。

さらに隙間を縫って、白く不定形な肉の塊があふれてくる。

わらわらと。次から次へとあふれてくる異形のものたち。圧倒的なその量に、さしもの夏樹も太刀を振るうのを忘れてしまった。このまま、ふたりは物の怪たちに囲まれて、よってたかって喰《く》い殺されてしまうのか。

が――完全に囲まれてしまう前に、何かがあらぬ方向から飛んできた。

先陣を切っていた大入道の額に、突然、それがぷつりと突き立つ。

飛んできたのは、細い篠竹一本。たったそれだけで、あれだけいた物の怪たちが一度に姿を消した。霧のようにかき消えてしまったのだ。

呆然とする夏樹と尻餅をついてしまった深雪に、馬が二頭ゆっくりと近づいてくる。夏樹は振り返ると、

「一条……」

呆《ほう》けた口調で馬上の人物の名を呼んだ。

狩衣姿でいながら、烏帽子もかぶらず髪も結わない変わり者は、夏樹も彼ぐらいしか知らない。その後ろから続く馬には、ちゃんと烏帽子を着用した青年貴族が乗っている。

「と、賀茂の権博士どの……」

「これはまた、妙なところで逢ったものですね」

吉野での仕事を終えて、たったいま帰京したばかりの陰陽師は、馬上から夏樹に微笑みかけた。弟子の一条ほど浮き世離れした美貌ではないにしろ、彼もまた整った容貌をしている。

「どうかなさいましたか？　伊勢の君まで、またずいぶんと個性的な恰好《かっこう》をなされて」

すっとぼけたことを言う師匠に、一条は冷たくつっこみを入れた。

「物の怪にからまれていたじゃありませんか。筮竹投げたのも保憲《やすのり》さまのくせに」

深雪はあわてて立ちあがり、権博士に潤んだ瞳を向けた。これで助かったと心底安堵《あんど》している顔だ。

「危ないところを助けていただいてありがとうございました」

「いえいえ、この程度で伊勢の君のお役に立てるのでしたらお安いことですとも。おや……」

地面に転がった大きなつづらに目を留めて、権博士は小首を傾げた。

「そのつづら、どこかで見たような」

この発言に夏樹と深雪は色めきたった。そんなふたりを不審そうに見やって、一条が下馬する。つづらに歩み寄り、ためらいもせずに中へと手をつっこむ。

つづらはカラだったはずなのに、引き抜いた一条の手は暴れる獣の首根っこをつかんでいた。狸《たぬき》だ。

「こいつですよ、保憲さま。吉野で騒ぎを起こしていた古狸の魂魄《こんぱく》。ご自分で捕まえられたものを、よもや、お忘れではないでしょうね」

「ええっと……もちろん、おぼえているとも」

「どのように処置したかもおぼえておいでですか?」

「つづらに封じこめておいたのだよ。他にも仕事があったから、ひと足先に京へ運ぶよう、式神《しきがみ》に命じたのだが」

「式神⁉」

すっとんきょうな声をあげたのは深雪だった。

「わたくし、初瀬でそのつづらを、見知らぬ老人からもらい受けましたのよ。親切にしてもらった礼だと言われて……」

「その老人とは」

賀茂の権博士は自らの唇の両端に指をあてて、横一文字にひっぱった。

「こーんな口で」

切れ長の涼やかな目を、可能な限りまん丸く見開く。

「こーんな目をしていませんでしたか？」

さながら、蛙の顔真似。せっかくの美貌がだいなしだが、当人はちっとも気にしていない。

「確かに……そんな顔でしたわ」

深雪が表情をこわばらせて答えた。事の真相がおぼろに見えてきた。爆発するのを必死で抑えているように、彼女の眉がひくひくと動いている。夏樹は用心して深雪から距離をおいたが、権博士は気づかないのか平然としている。

「やっぱり、わたしの式神ですよ。京の賀茂家に運ぶように命じたのに、途中で面倒になって、伊勢の君に押しつけてしまったようですね。誠に申し訳……」

「それには反論させていただきます」

闇の中から静かな声が聞こえ、小柄な老人が姿を現した。

目がまん丸く、口が大きく、権博士が先ほど実演して見せた通りの蛙づらがそこにある。しかも、老人が背負っている小さなつづらは、物の怪を山盛り吐き出した大きなつづらとまったく同形のものだ。

突然の登場に夏樹はぎょっとし、深雪は「あっ！」と大声をあげた。

「そうよ、このひとにつづらをもらったのよ！」

「河津《かわづ》」

権博士が名を呼ぶと、蛙そっくりの老爺は地面に膝をついて平伏した。

「言いたいことがあるなら言いなさい」

「はい。わたくしは賀茂の権博士さまのご命令通りに、古狸の魂魄を封じたつづらを背負い、ひと足先にと都へと向かっておりました。しかし、途中でくたびれ果て、休んでいるところにこちらの姫君がお声をかけてくださって」

老爺はにこりと深雪に微笑みかけた。不気味でありながら、かなり憎めない顔だ。

「このかたは極上の生気を放っておられました。それはもう、初瀬の寺に咲いていた牡丹のように華やかで、力強くて。ひと息吸いこんだだけで、たちまちこの老いぼれの身にも力が甦《よみがえ》ってまいりましたよ。そのあとも、宿を断られそうになっていましたところ、救いの手を差しのべていただきました。度重なるご親切に、これは何かお礼をしなくてはと思いましたが、そのときのわたくしには、つづらがふたつきりしかございませんでした」

「そのつづらも保憲さまのものだが」

一条の言葉に老爺はうなだれ、「これしかなかったのでございますよ……」と重ねて言い訳した。

「つづらに入っておりますのは、ご主人さまが封じこめられました物の怪。しかし、これほど明るい生気を放つかたなら、ちょっとやそっとの物の怪、たいした害になるとも思えませんでした。しかも、都に住まうおかたで、寺参りのあとはまっすぐ帰京されるご予定とか。ならば、このわたくしが夏の陽射しにあぶられながら、えっちらおっちら、つづらを運ぶより、姫さまにお頼みしたほうが早く都に到着するというもの。万が一、物の怪がつづらから解き放たれたとしても、弘徽殿も陰陽寮も同じ御所の中にございますからねえ、古狸の一匹や二匹、帰京されましたご主人さまが再び封じてしまわれましょう。——と、考えたのです。浅はかであったと、いまでは反省しております。どうにかして感謝の意を表したいと、それればかりを思い詰めておりましたので」

理屈が通っているような、いないような、いいかげんな理由に、夏樹はあいた口がふさがらなかった。深雪も同様で、呆然としている。

「しかし、さすがは姫さま。大きなつづらをお選びになりますとは。天性の勘が働いたのでございましょうかねえ。もしも、小さなつづらをお選びになっていましたら」

その続きを、一条が冷ややかにつぶやく。

「この程度では済まなかった」

夏樹と深雪は、そろって身震いした。小さいつづらの場合、どうなっていたのか、尋ねるのもおそろしい。

「それで、どういたしましょうか」

と、権博士は深雪に優しく問いかけた。

「古狸の魂魄はこのままわたしが引き取ります。もうけして、伊勢の君を悩ますことはございません。ですが、河津もいたずら心からこのようなことをしでかしたのではないのですよ。当人が申す通り、伊勢の君のご親切に応えたい一心だったのでしょう」

「はいはい、まさしくその通り」

老爺は悪びれたふうもなく何度もうなずき、合の手を入れる。

「どうか、この者の気持ちを汲《く》み取って、大きなつづらを使ってやってはいただけないでしょうか」

この式神にして、この主人あり。深雪は大仰に顔をしかめたが、蛙づらの老人と視線を合わせると怒るに怒れなくなったのか、額に手を当てて目を閉じた。

「もう物の怪は出てきませんのね？」

「ええ。源は一条がしっかり握っておりますし」

「保証してくださるのね？」

「もちろんです」

都一の陰陽師が約束してくれたのだ。深雪は目をあけて、喧嘩《けんか》でも売るようにきっぱりと言った。

「じゃあ、いただくわ」

「おい、本気か、深雪」

夏樹が心配して口を挟むと、精いっぱいの強がりなのか、深雪はぷんと頰を膨らませて言った。

「だって、何も手に入らなかったら怖がり損じゃないの」


つづらはいまも、弘徽殿にある。

正体不明の笑い声や人影といった怪異は、あの夜を境にぴたりと止まった。だが、つづらに入れた衣装のとれなかった染みがいつの間にか消えていたり、ちょっとしたほつれが誰かの手によって縫い綴《と》じてあったりといった不思議はときどき起こる。

持ち主である深雪は気にしていない。それどころか、いい拾いものをしたと、とても満足しているのであった。

夜に語りて

昼間は大勢の往来でにぎわう都大路も、夜がふけるにつれてひと通りは絶え、野良犬の姿すら見えなくなる。

そんな寂しい深夜の都を、松明《たいまつ》をかざしもせず、まったくおびえることなく歩む人影がふたつ。

ひとりは陰陽師《おんみようじ》として修行中の一条《いちじよう》。こざっぱりとした淡い色調の狩衣《かりぎぬ》を身につけ、烏帽子《えぼし》はなしで、長い髪を結いもせず背中に垂らしている。

その姿だけを見たら、まだ元服前なのかと大半の者が誤解するだろう。が、すでに元服は済ませ、陰陽の大家・賀茂《かも》の権博士《ごんのはかせ》の指導のもと、陰陽師の仕事に従事している。

今宵《こよい》、彼が夜の都を出歩いているのも、師匠の賀茂の権博士がうっかり、本当にうっかり仕事の依頼を二件重ねて受けてしまったがためだった。

まだ若いのに陰陽師としての腕は確か。世間からそう評価される権博士には、非常に忘れっぽいという欠点があり、その尻ぬぐいに弟子の一条が駆り出されることも珍しくはなかった。今回も、どうにも日時がずらせなくて、片方の依頼を一条が引き受けることになったのである。

一条の連れの、水干姿《すいかん》の大男が同情の言葉を口にする。

「大変ですねえ、一条さんも」

「仕方がない。よくあることだ」

一条の連れは身の丈六尺半あまり。肩幅も広く、水干の広袖の上からでも、たくましい身体《からだ》つきが見て取れる。背中には身の丈と変わらぬくらいの長卓《ちょうたく》を負い、手にも大きな荷をぶら下げているが、それらを苦にしている様子はない。さらには、晒《さら》しの手ぬぐいで頬かむりをして顔を隠している。

そんなことをしても顔が長すぎて隠しきれていない。手ぬぐいの下から突き出ているのは馬づら——比喩ではなく、本物の馬の顔だ。

一条の連れは、馬頭鬼《めずき》のあおえであった。あおえ自身も顔を隠せていない自覚があって、ときどき所在なげに顎先をなでている。

「やっぱり、外に出るなら市女笠《いちめがさ》をかぶっていたほうが良かったんじゃないですかねえ。誰かに見られて騒ぎになったら面倒ですよぉ」

「誰もいないだろ、こんな真夜中」

一条は鼻で笑って、自らの長い髪を後ろに搔《か》きやる。彼がいつもの恰好《かっこう》で外に出たのも、ひと目がないのを見越してだった。

「それに、市女笠なんかをかぶっていたら、その長卓、背負えないだろうが」

「そんなこともないですよぉ」

よっこらしょとつぶやいて、あおえはずり落ちかけていた背中の長卓を背負い直した。

「ほら、いつだったか、わたしが夜歩き中の主上《おかみ》を助けたことがあったじゃありませんか。あのときなんか、笠をかぶったうえで垂衣《たれぎぬ》をうまぁく寄せて、気を失った主上を背中にしょいましたもの」

「あれは……忘れたい過去だな」

「まあ、でも、この長卓、大きいですからね。笠を突き破りかねないし、やっぱり無理ですかね」

勝手にしゃべって勝手に納得する。これから怪異が生じるという家に出向いて祓《はら》いの祈禱《きとう》を行わねばならないというのに、あおえにも一条にも緊張感はまるでない。

「さて、ここだな……」

ふたりが足を止めたのは、市井のなんの変哲もない家屋の前だった。

とある下級官吏がここで妻とともに暮らしていたというのだが――

小柴垣《こしばがき》に囲まれた質素な家屋は真っ暗で、ひとの気配はない。怪異が頻発したため、住人は取るものも取りあえず、逃げ出してしまったのである。

そうとは知らずとも、敏感な者なら妙に重たい空気が家全体を覆っているのを感じただろう。

一条はもちろん、その空気を感じていたが、怖《お》じずに低い門扉を押して敷地内に入りこみ、裏庭へとまわった。あおえもそのあとについていく。

裏庭には少しばかりだが庭木が配されて、いい具合に周囲からの目隠しとなっていた。ここでなら真夜中に祈禱を行ったとしても近所迷惑にはなるまい。万が一、誰かに見られたとしても、

「高名な陰陽師に頼んで死霊祓いの祈禱をしてもらったのですよ。これでもう安心です。亡き妻の霊はきっと満足してあの世へ旅立ってくれたでしょう。え？　馬の顔をした鬼を見た？　ああ、それはたぶん、陰陽師が使役する式神《しきがみ》だったのでは？」

そんな言い訳が成立することだろう。

権博士が下級官吏から請け負い、一条に丸投げした依頼は、この家に現れる亡き妻の霊を鎮めてくれというものだった。

長年連れ添った妻が病死。遺《のこ》された夫は哀《かな》しみに暮れ……るのもそこそこに、さっそく新しい妻を迎えて、この家でともに暮らし始めた。ところが、そうすると亡き前妻の霊が夜な夜な、不気味な姿を現す。おびえた夫は前妻の供養をしたものの、霊の出現はやまない。夫も後妻もすっかりおびえて後妻の実家に避難したが、そちらにも長くはいられないので、どうか、もとの家から死霊を追い出してやってくれ、というのである。

さっそく、あおえは背中から長卓を下ろし、頰かむりをはずして馬づらを露《あら》わにした。ふうとひと息ついたのもつかの間、串に紙垂《しで》を挟んだ幣帛《へいはく》だの、供物用の果実だのを荷

の中から取り出し、一条の指示通りに長卓の上に並べていく。その間も、馬頭鬼の口は止まらない。

「それにしても身勝手な話ですよね。奥さんが亡くなって、ひと月もしないうちに新しい奥さんを迎えたんでしょう？　確か、律令《りつりよう》だかなんだかで、妻の喪に服す期間は三ヶ月って決まってませんでしたっけか。その喪もあけないうちから新しい奥さんと暮らし始めたんですもの、そりゃあ化けて出たくもなりますってば」

「話に聞いたところでは、妻の生前から浮気の絶えない夫だったらしいな」

「あらら。でも、この家の感じからするに、それほど裕福とは思えませんよね。身分が高いわけでもなさそうだし。もしかして、その夫さん、すっごい美男子だったりするんですか？」

つまらなさそうに、むっつり顔で一条は首を横に振った。

「いや。普通の中年だ。ただし、まめなたちではあるらしい」

「ああ、はいはい、結局そこなんですよね。財産がどうの、見た目がどうのじゃなくて、要は行動するかしないか。モテる理由なんてあとからついてくるんですよねえ」

あおえはしたり顔でうなずいている。口ばかり動かしていないで……と一条は言いかけ、結局、黙った。しゃべり倒しながら、馬頭鬼はその無骨な手で祈禱の準備をてきぱきと進めており、文句もひっこめざるを得ない。

「それでそれで、具体的にはどんな感じで出てくるんですか？　前の奥さんの幽霊は」

「まあ、よくある感じだな。夜中に急に寝苦しくなって目をあけると、枕もとに亡き妻がうなだれてすわっているとか――」

「ああ、はいはい、定番ですね」

「御簾《みす》のむこうをすうっと人影がよぎるけれども、簀子縁《すのこえん》には誰もいない――」

「それもよくあります、ありますぅ」

「後妻が鏡を覗《のぞ》きこむと、誰もいないはずの自分の背後に、青ざめた顔の女が――」

「よっ、待ってました！」

一条はその美貌にげんなりした表情を浮かべた。

「……楽しそうだな。おまえ、馬頭鬼のくせに怖がりじゃなかったっけか」

「はい。妖怪変化《へんげ》というか、魑魅魍魎《ちみもうりょう》の類いは苦手なんですけどぉ、冥府で亡者たちを責める獄卒をやっていたものですから、人間の幽霊にはある程度、耐性があるんですよ」

「耐性の話なのか？」

「でも、それだけ頻繁に出てくるなんて、前の奥さん、よっぽど夫さんを愛していたんでしょうねえ」

「愛なんだか、憎しみなんだか」

ちっちっちと、あおえは分厚い舌を鳴らしながら、立てたひと差し指を左右に振った。

「愛の反対が憎しみなんじゃないんですよぉ。愛しているからこそ、余計に憎くなるんですもの。愛を知らない一条さんにはピンとこないかもしれませんけどね」

だんだんとおしゃべり馬頭鬼の存在がうざったくなってきた一条は、馬づらをひっぱたいてやろうかと身構えた。危険を察したあおえは、

「あ、暴力反対」

そう言って一条から距離をとろうとする。

そのとき、家を覆う重たい空気が、さらに密度を増してその場を満たした。陰陽生《おんみようしよう》と馬頭鬼はいち早く異変を感じ、同時に同じ方向を振り返る。

彼らの視線の先――さっきまで誰もいなかったはずの家の簀子縁に、女がひとり、すわっていた。

うつむいているため顔は見えないが、身にまとっているのは地味な青丹《あおに》の袿《うちぎ》で、そのたたずまいからも、さほど若くはなかろうと見受けられた。何よりも、ひと言も発していないのに、その身から放たれるおどろおどろしさが、彼女がすでにこの世の者ではないことを物語っている。

「……前《さき》の奥方か」

一条の静かな問いかけに応じるように、女がゆるゆると顔を上げた。

血の気のない青白い顔。目にも生気はなく、光も届かぬ深くて丸い穴がふたつ、ぽっかりとあいているかのようだ。こけた頬に黒髪が幾すじか貼りついているさまにも、鬼気迫るものがある。

「哀れだな」

一条は小さくため息をついて、懐から呪符を一枚、取り出した。

せっかく本命が自ら、降臨してくれたのだ。もってまわった儀礼的な祈禱で鎮魂するよりも、呪符の力で押さえこんだほうが手っ取り早い。そう判断してのことだったが、一条が呪符を放つより先にあおえが言った。

「はあ、なるほど、なるほど。そうだったんですかぁ」

一条は手を止め、怪訝《けげん》な顔をしてあおえのほうを振り向いた。あおえは亡霊に向かい、真顔で盛んにうなずいている。

「そうですか、そうですか。つらかったんですねえ」

亡霊のほうもぶつぶつと何事かをつぶやいている。声は小さく、くぐもってもおり、内容はまったく聞き取れないが、馬の敏《さと》い耳にはちゃんと届いているらしい。

「そんなことまで言われたんですか。それはあんまりですよぉ、いくらなんでも」

相槌《あいづち》を打ちながら、あおえはじわりじわりと簀子縁に近づいていき、階《きざはし》に到達するや、いちばん下の段にどっこらしょと腰を下ろした。完全に聞く態勢に入っている。

長くなりそうだなと思い、一条は呪符を懐に仕舞いこんだ。代わりに、長卓の上の供物の果実をひとつ手に取り、しゃりしゃりと食べ始める。

あおえと死霊との語らいは、一条を置き去りにして勝手に進行していた。

「そりゃあ、驚きますって、傷つきますって。無理ないですってばぁ。あら、だからといって、そこまでするのはどうでしょう。それはさすがに、お勧めできないかなぁ」

うんうんとうなずきつつも、見過ごせない部分にはそうと告げる。前妻の霊は一瞬、ムッとしたものの、自分の心情を訴えるのが先だとばかりに、すぐにぶつぶつ、もごもごを再開させた。

あおえもうなずきと「なるほど、なるほどねえ」を、しっかりと連発させる。その動作、言葉のひとつひとつに、あなたの話をちゃんと聞いていますよとの意思表示がこめられている。

まずは相手の気持ちを受け容《い》れて。批判や否定は控え、かといって自身の信条に反してまでの肯定はしない。

そんな態度を貫く馬頭鬼を前に、死霊も思いの丈を存分に吐露できたのであろう。

ほう……と口から大きく息をつくと、死霊は口角を吊《つ》りあげて、ニイッ……と笑った。両の暗いまなこから血の涙がこぼれ出て、青白い頰に赤黒い線を引いていく。

おぞましい笑顔だった。が、笑顔には違いない。

次の瞬間、ふっと霊の姿が消えた。彼女がすわっていたその空間に、笑みの残像がたゆたっていたが、それもすぐに消えてしまう。あとには何も残らない。家全体に漂っていた重い空気も、きれいさっぱりとぬぐい去られている。

あおえは一条を振り返り、明るく告げた。

「言うだけ言ったら、すっきりしたみたいですね。聞き分けのいい奥さんでよかったですねえ」

「……かもな」

一条は苦笑し、芯だけになった果実を庭の隅に放り投げた。

陰陽師の出る幕はなかった。

そう考えるとくやしくもあったが、文句をつけたところで負け惜しみにしかなるまい。

一条は両腕を夜空に突きあげ、やれやれと大きくのびをした。身体をのばせば、あくびも出る。眠たくもなってくる。こんな夜もあるさ、と心の中でつぶやいてから、

「さ、帰るぞ。あおえ、この長卓を早いところ片づけてくれ」

「はいはぁい」

あおえは階から身を起こすと、甲斐甲斐《かいがい》しく片づけを始めた。一条はその様子を眺めながら、師匠にはどう報告したものかと、あくびをしつつ考えていた。

華麗なる馬頭鬼《めずき》

【あおえの部屋】へようこそ

Welcome to Aoe's room

スーパーファンタジー文庫でのシリーズ刊行開始
（1994年6月）から約30年！
愛され続ける平安怪奇ロマン「暗夜鬼譚」。
京の都を舞台に、熱血少年貴族や
クールな天才陰陽師が活躍するこの物語のなかで、
忘れちゃいけないキャラといえば、馬頭鬼のあおえ。
いつでもどこでもしゃしゃり出ずにはいられない
元・地獄の獄卒の彼が、もしも自分の冠番組を持って
他のキャラたちを紹介するとしたら……？
果たしてちゃんと司会は務まるのでしょうか。

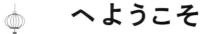

【あおえの部屋】第一回　ゲスト●夏樹
「どうぞリラックスしてください」

――寝殿造りの一室。雅《みやび》な琴の音《ね》に乗ってルルル～とハミングが流れる。カメラが十二単《じゅうにひとえ》を着こんだあおえに寄っていく。

あおえ　みなさん、こんにちは。【あおえの部屋】へようこそ。今日のお客さまは、ひと当たりのよさとさわやかな魅力が宮中でも評判の大江夏樹《おおえのなつき》さんです。

夏樹　あっ、どうも……。

あおえ　夏樹さんは周防守《すおうのかみ》のご子息。いわば中流貴族なんですが、帝《みかど》のおそば近くに仕える蔵人《くろうど》に大抜擢《だいばってき》されちゃった将来有望なおかたなんですよね。

夏樹　蔵人といっても、いちばん下っぱだし……。

あおえ　ほらほら、そういう遠慮深いところがいいんですよ。でもねえ、夏樹さん。わたしのような善良な馬頭鬼《めずき》が言うのもなんですけど、ひとがいいだけじゃあ、生き馬の目を抜くような宮中では生きていけませんよ。夏樹さんの優しさにつけこんで利用しようって考えるひとがいないとも限りませんからね。たとえば、面倒な仕事を押しつけられるとか、帝に接近するための踏み台にされちゃうとか、男色の気《け》のある髭《ひげ》おやじが言葉巧みに近寄ってきて接吻《せっぷん》を迫るとか。

夏樹　言われてみると、なんか、もうすでにそんな目にてんこ盛りで遭ってきたような気が……。ああっ！　頭が、頭が割れるように痛い！

あおえ　大丈夫ですか、夏樹さん！　ああ、どうしましょう。わたしったら、触れてはいけない夏樹さんの暗い過去に思いきり体当たりしてしまったんですね！

夏樹　お、思い出したくないぃぃぃぃ!!

あおえ　夏樹さん!!　お気をしっかり!!

――画像が一面の菜の花畑に変わり、「しばらく、お待ちください」のテロップが流れる。数十秒後、映像がもとに戻る。

あおえ　少しは落ち着きました？

夏樹　うん……どうにかね。取り乱して悪かったよ。でも、ここってなんだか根本的に落ち着かなくて。

――周囲には金蒔絵《きんまきえ》を施した調度品がずらりと並び、襖絵《ふすまえ》はこれでもか、これでもかと絢爛《けんらん》豪華に咲き誇る牡丹《ぼたん》。それでいて、屏風《びょうぶ》は可憐《かれん》な小花柄。御簾《みす》のふちは白いレースで飾られ、びらびらと風に揺れている。漂う香はラベンダー。平安王朝風とビクトリア王朝風の混じり合った、よくわからないインテリアである。

あおえ　そんなに落ち着きませんか？　わたしの好きに飾らせてもらったんですけど。

夏樹　道理で……。

あおえ　夏樹さんったら本当にお疲れなんですね。無理もありません。宮仕えだけでもハードなのに、事件は立て続けに起こるし、迷惑な隣人とも付き合っていかなきゃならないし。

夏樹　（小声で）誰のことを言ってるんだろうか？

あおえ　主人公の宿命とはいえ、お気の毒でなりません。では、そんな夏樹さんをお慰めするために……。

――何を思ったか、あおえはふいに真顔になって立ちあがり、するり、と十二単を脱ぎ始める。夏樹、当然ながら顔面蒼白《そうはく》になってあとずさる。

夏樹　な、なんだ⁉　何をする気だ、あおえ⁉

あおえ　どうぞ、リラックスなさって。夏樹さんはそこにすわっていてくださるだけでいいんですから。

夏樹　は？　は？

あおえ　冥府でも、やんやの大喝采をあびたわたしの舞いを、どうか心ゆくまで楽しんでいってくださいね。

——あおえは舞いながら、はらり、はらりと衣を一枚ずつ落としていく。どこからともなく、琴の演奏による「白鳥の湖」が。照明も暗くなり、あおえにピンスポットが当たる。

あおえ　夏樹さん……わたしを見て……。

夏樹　ひいいいいいいいいいい!!

【あおえの部屋】　第二回　ゲスト●深雪
「お世話になったあの方に」

あおえ　【あおえの部屋】、ふたり目のお客さまは弘徽殿《こきでん》の女御《にょうご》さまにお仕えする女房・伊勢《いせ》の君こと、深雪《みゆき》さんです。

深雪　どうも。お招きありがとうね、あおえどの。

あおえ　深雪さんは美人ぞろいの宮中でもモテモテで、ラブレターなんて、それこそ毎日雨あられと届けられるんですよねえ。

深雪　おーっほっほっ。それほどでもなくってよぉ。

あおえ　しかも最近じゃ、賀茂《かも》の権博士《ごんのはかせ》と急接近とか?

深雪　あら、いやだ。あのかたは、よいお友達。けして、それ以上の間柄じゃないんだってば。

あおえ　そうですよねえ。深雪さんは実はいとこの夏樹さんひとすじ。いつもいじめているようで、それはそれ、素直になれぬ乙女心のなせるわざ。

深雪　なのに、あの朴念仁《ぼくねんじん》は気づかない。

あおえ　かわいさ余って憎さ百倍。嫌みに磨きがかかるというもの。ホントはこんな自分もイヤなの。素直に想《おも》いを打ち明けられたら。

深雪　そうなのよ。このジレンマ、あおえどのならわかってもらえると思っていたわ。

あおえ　このあおえ、仕方なく女装をくり返しているうちに、女心というものがわかるようになってきたみたいなんですぅ。

深雪　そうね。どれほど肩幅が広かろうと、胸板が厚かろうと、女装したあおえどのは本物の女以上に女らしいわ。この部屋のインテリアだって、ちょっとごった煮かなあって感じはするけど、すごく女の子らしい趣味だもの。

あおえ　深雪さん！　あなたこそ、わたしの真の理解者です！

——そこへピンポンとベルが鳴り、「お届け物でーす」と宅配便の配達員が登場する。

あおえ　へっ？　なんですか、これは？

深雪　はいはい、こっちよ。ハンコないんでサインでいいわよね。はい、ご苦労さま。

あおえ　深雪さん、何か注文してたんですか？

深雪　ええ、雑誌の裏表紙に広告が載ってて、それ見たらどうしても欲しくなったの。ほら、これなんだけどね。

あおえ　なになに、驚異の五芒星《ごぼうせい》ペンダント？　神秘の式神《しきがみ》パワーがあなたに幸運をもたらす？　続々と寄せられる体験者の談。京都府在住Aさんいわく「以前のぼくは付き合いの悪さとひと並はずれた美貌が災いして、友達がひとりもいませんでした。ところが、この五芒星ペンダントを身につけた途端、さわやかで素晴らしい友人にめぐりあえ、いまではうちに迷惑なくらいうるさい居候までいます。これもすべて五芒星ペンダントの持つ式神パワーのおかげです」。

深雪　ねっ、効きそうでしょ？　かわいい専用ケースや幸運を呼ぶ式神カードなんかの特典も付いてるのよ。

あおえ　なんだか、わたしも欲しくなってきましたよ。でも、こっちのページの開運梵《ぼん》字《じ》が背中に刺繍《ししゅう》された唐衣《からぎぬ》ってのも、ゴージャスでいいですねえ。

深雪　わたしはこの、古代エジプトの不思議パワーが安眠を約束するピラミッド型御《み》帳台《ちょうだい》（ベッド）ってのも気になるのよ。

あおえ　あっ、それ、一条さんにいいかもしれない。あのひとも最近いろいろあったせいか、よく悪夢にうなされてるんですよ。これをプレゼントしてあげたら喜んでくれるんじゃないかなあ。

深雪　そうなさいよ。きっと、あおえどのの真心が通じると思うわ。
あおえ　いろいろと教えてくださって、ありがとうございます。深雪さん！

【あおえの部屋】　第三回　ゲスト●一条
「ひとつ屋根の下で……」

あおえ　最後を飾るお客さまは陰陽師《おんみょうじ》のタマゴ、妖《あや》しい魅力で読者さまの煩悩をかきたてる超絶美少年、一条さんです。
一条　つまらん世辞などいらん。それより、あおえ、あの御帳台はなんだ？
あおえ　もしかして、ピラミッド型御帳台がお気に召しませんでしたか？
一条　形が妙なのは目をつぶるとして、あれの中で寝ていると包帯ぐるぐる巻きの男がのしかかってきて、「古代エジプト五千年の呪い～」とか言いつつ首を絞めようとするんだが。もっとも、おれの呪力でふっとばしてやったがな。
あおえ　おお。ミイラの呪いをも跳ね返すとは、さすがは一条さん！　神秘のピラミッドパワーにも優る陰陽師魂!!
一条　馬鹿馬鹿しい……（眠たそうにあくびをして、ぽりぽりと首すじを掻《か》く）。
あおえ　ほらね、みなさん。一条さんは宮中でこそ黙ってにっこり微笑《ほほえ》んで、ミステリアスな美少年をちゃっかり演じてますけど、本当は怠惰で凶暴な根性悪なんですよお。その証拠に、友達なんて夏樹さんひとりっきりしかいないんですから。一条さんが夏樹さんに悪い影響を及ぼしているんじゃないかって、あちらの乳母《めのと》さんが考えるのも、あながちハズれてない気がしますねえ。

一条　悪い影響を及ぼしてるつもりなんかないね。仮にそんなものがあったとしても、夏樹が好きでうちに遊びに来てるんだから、結局は当人の責任だろうが。

あおえ　お隣の乳母さんが聞いたら脳の血管ぶち切れそうなくらい怒りますよ。まったく、この一条さんがのちに、希代の天才陰陽師と呼ばれる超有名人のあのひとになろうとは……。あのひとってば大抵、なんでもできちゃうスーパースターとか、苦悩する美青年とか、とにかくかっこよく描かれるものなのに、どうして一条さんはこんなに凶暴で薄情で怠け者なんでしょ……。

一条　しつこいぞ、おまえ。

あおえ　あっ！　あっ！　ぼ、暴力反対！

——あおえ、抵抗空《むな》しく頬をはたかれて床に倒れこむ。目に涙をいっぱいに浮かべ、一条を振り仰ぐ。

あおえ　ひどいぃぃぃ。毎日毎日、お掃除したり料理したり、一心に尽くしているのにぃぃぃ。

一条　タダで居候させてるんだ、それくらいやって当たり前だろうが。

あおえ　暴力的な夫に献身的な妻……わたし、人生相談に出たほうがいいんでしょうか？

一条　おいっ！　妻だの夫だの、どこをどう押したら、そういう単語が出てくるっ⁉

あおえ　そりゃあもう、わたしのこのつぶらな青い瞳！　つややかなたてがみに、なめらかピチピチのお肌！（いちいちポーズをとる）　こんなに魅力的なわたしと美形の一条さんがひとつ屋根の下で暮らしていれば、夫婦も同然の仲に違いないと世間さまは思いますとも。それが自然の成り行きってものです。

——一条の背景《バック》にバチバチと火花が散り始める。ゴゴゴゴッと空気がうなり出す。

一条　どこが自然だ！　おぞましいことを自信たっぷりに言い切るんじゃない‼

——ドッカンと火柱が立ちあがり、爆風で周囲のセットが雪崩《なだれ》のごとく倒れてくる。

あおえ　きゃあああああ～～～‼

——あおえの絶叫、セット倒壊の大音響に重なって、平和そうなエンディングテーマが流れる……。

【スペシャル番組・権博士の部屋】 ゲスト●あおえ
「君に涙は似合わない!?」

——寝殿造りではあるが、【あおえの部屋】とはまた全然違った渋めのインテリアの一室。鼓の音が鳴り響き、ルルル~と低音の男声ハミングが聞こえてくる。

権博士 みなさん、こんにちは。【権博士の部屋】へようこそ。今日のお客さまは……えーっと、誰でしたっけ?

あおえ わたしですぅぅぅ。

権博士 おや、一条のところの居候の馬頭鬼さんですか。えーっと、お名前は確か……。

あおえ あおえですぅぅぅ。

権博士 どうもすみませんねえ。性格的に大らかなもので、いろいろと忘れっぽいんですよ。それにしても、どうかなさったんですか? ずいぶんとボロボロになってますよ。

あおえ 一条さんがぁ、わたしはなんにも悪いことしてないのに一条さんがぁぁ。

権博士 まあまあ落ち着いて。さあ、涙をお拭きなさい。あおえどのには泣き顔は似合いません。春風のような明るく太平楽な笑顔こそ、あなたにはふさわしい。

あおえ ありがとうございますぅぅぅ。でも、よかったら聞いていただけますかぁ、わたしがいかに虐げられているかをぉぉぉ。
――その後、延々とあおえの愚痴が続く。あんまり長いので、権博士は目をあけ笑顔を固定させたままで寝ている。そこへいきなり、一条が登場。
一条　こらっ、あおえ！　いつまでもこんなところでぐちぐち泣いてるんじゃない！
あおえ　い、一条さん！
一条　ほら、とっとと帰るぞ。
あおえ　やっぱり、一条さん、わたしのことが心配になって迎えに来てくれたんですねぇぇ。
――一条、何か言い返してやろうとするがぐっとこらえ、あおえを羽交い絞めにしてずるずるひっぱっていく。少し間があってから、権博士が唐突に目を醒《さ》ます。あおえがいなくなったことに気がついてもあわてず騒がず、カメラに向かって極上の笑顔をふりまく。
権博士　いやはや、あおえどのが出てくると『暗夜鬼譚』の世界が一気にギャグに傾いてしまうみたいですね。いまさら言うのも手遅れのような気はしますが、基本は華麗な王朝世界を舞台にした、でもやっぱり流血あり化け物ありになってしまうシリアスなストーリーなんですよ。夏樹どのや一条の他にも、おどろ部門を担当する式神たち、官能的な情熱の嵐部門を担当されておられる帝などなど、いろいろなキャラクターが登場いたしますので、どうぞお楽しみに。

——男声ハミングが再び流れ、エンディングとなる。

スタッフ　はい、お疲れさまでした。じゃあ、このまま「戦慄の怪奇現象～古都に蠢《うごめ》く怨霊《おんりょう》たちをカメラがとらえた！　人気の心霊スポット続々登場！　そのときスタジオに何が⁉」の収録いきまーす。物《もの》の怪《け》のみなさん、霊能力者の辻《つじ》のあやこさん、それぞれスタンバイお願いしまーす。賀茂の権博士さんもそのまま解説者として残っていてくださいね。

複数の声　はいはーい。

——スタジオ内に怪しい雰囲気がたちこめ、人類、人外《じんがい》問わず、ぞろぞろと妙な連中がやってくる。権博士はにこにこしている。

権博士　というわけで、『暗夜鬼譚』読んでくださいねー。

あとがき

どうやら、自分は〈戦慄〉という言葉がかなり好きらしい。

二十年以上前の刊行物である、この『綺羅星群舞《きらぼしぐんぶ》』の中に〈戦慄〉の文字が楽しげに躍る章タイトルをみつけ、つい最近、『ばけもの厭《いと》ふ中将　～戦慄の紫式部～』を上梓《じょうし》したばかりのわたしは改めてそう思ったのであった。

まあ、それはともかく。

旧版のほうのあとがきにも書いたけれども、物語中ではシリアスで重たい展開が続いたので、この本はあえて楽しいおちゃらけ話でもって構成してみた。『綺羅星群舞』という綺羅綺羅しいタイトルも、意味としては『オールスターてんやわんや』。いっそ、そんなふうにルビをふりたかったくらいだ。

挙げ句、巻末には「華麗なる馬頭鬼《めずき》【あおえの部屋】へようこそ」という企画ページまで併設されていて……。ほんと、これどうしようとも思ったが、ないならないで、それもまた寂しかろうかと。テンションン高くカタカナ用語を連発させているけれど、これもなるべく生かしておいて（本文中のカタカナはほとんど直した）、恥を忍んで提示しようと。

さらに言うなら、当時の新刊折りこみチラシには、『著者からのメッセージ』なるものまでが記されていた。毒を喰《く》らわば皿まで的に、潔くここに転載してみよう。

「真っ赤な夕陽《ゆうひ》が沈んだあとの、都の闇に蠢《うごめ》くはいかなる怪人、妖獣か。身を守るすべなき民を救わんと立ち上がりしその雄々しき姿こそ、嗚呼《ああ》、冥府の馬頭鬼、ぼくらのあおえ。とどろき渡る雄叫《おたけ》びに、一条、夏樹のみならず、しろきも（いやいや）参戦だ！（中略）なお、劇中歌は『薔薇《ばら》は美しく散る～あおえのテーマ～』。エンディングに『陰《おん》陽師《みようじ》のバラード』。ＣＤ絶賛発売中！——な、訳がないってば」

中略したところには、特撮ＴＶ番組『アイアンキング』オープニングテーマの既存の歌詞が入っていたので、著作権を考慮し伏せさせていただいた。

自分はこの『アイアンキング』のオープニングテーマが子供の頃から大好きで、どこかで使いたくてたまらなかったようだが、まあ、この御時世、伏せないわけにはいかないだろう（ウルトラマンや仮面ライダーやシルバー仮面ほどメジャーではないから、知らないひとのほうが多いだろうな、アイアンキングは……。水を摂取して変身するとか、エコなパワーを感じさせるところも大好きだった……）。

『陰陽師のバラード』に関しては、ＴＶアニメ『タイガーマスク』のエンディングテーマ『みなしごのバラード』を替え歌にして口ずさんでいたが、そこも著作権を考慮して伏せさせていただく。内容としては『呪力さえあればいいとひねくれていたぼくを、夏樹はわかってくれて、だからぼくは都の平安を守る』みたいな歌詞だった。一条ってそんな殊勝なタイプだったっけと思わなくもないけれど、それはそれ、雰囲気優先でご了承いただきたい。

全然、替え歌ではないのだが、『月夜見姫』を執筆中は渡《わたり》哲也《てつや》の『くちなしの花』を口ずさみ、いろいろなギャップにひとりで身悶《みもだ》えしていた記憶がある。若さゆえの過ちと言いたいところだが、いまでもやっていることはほとんど変わらない。

昔もいまも、わたしは浅いオタクなのである。

二十一世紀にもなると、むしろオタクでないほうが珍しいくらいで、なるほど、これが末法の世……。いやいや、いい時代になったものである。

さて、オールスターとは言ったものの、賀茂《かも》の斎院の馨《かおる》が登場していないことを、旧版あとがきでは「あの子を出すと話がでかくなるので今回は見送り」と言い訳していた。ならば、オマケ短編で彼女を登場させようかと思案してみたのだが……。

やっぱり、難しい。なかなか話がまとまってくれない。このままだと期日には間に合いそうもないので、今回も馨登場は見送り、別ネタの話を大急ぎで書かせていただいた。

残念だが仕方ない。途中まで脳内でシミュレーションしていたストーリーは、いずれどこかで花開くことがあるやもしれないので、しっかり寝かせておこうと思う。また二十年かかるかもしれないが、たとえそうであっても頭がきちんと動く限り、そして需要がある限り、書き続ける気は満々なので、まったくもって無問題《モウマンタイ》なのであった。
最後になりましたが、今回も美しくも力強いカバーイラストをありがとうございますと、Minoruさんにこの場を借りて伝えさせてください。またどうか、何とぞよろしくお願いいたします。

令和五年十月

瀬川貴次

本書は二〇〇〇年五月に集英社スーパーファンタジー文庫より刊行されました。

集英社文庫収録にあたり、書き下ろしの「夜に語りて」を加えました。

この作品はフィクションであり、実在の個人・団体・事件などとは、一切関係ありません。

本文デザイン／ AFTERGLOW
イラストレーション／ Minoru

平安の都で起こる怪異を
迷コンビが追う!
大人気・平安冒険譚

シリーズ・好評既刊

平安不思議めぐり
弐 姑獲鳥《うぶめ》と牛鬼
参 天狗の神隠し
四 踊る大菩薩寺院
伍 冬の牡丹燈籠
六 美しき獣たち

七 花鎮めの舞
八 恋する舞台
九 真夏の夜の夢まぼろし
十 因果はめぐる
十一 秋草尽くし

集英社文庫

暗夜鬼譚《あんやきたん》 綺羅星群舞《きらぼしぐんぶ》

2023年11月25日 第1刷 定価はカバーに表示してあります。

著 者 瀬川貴次《せがわたかつぐ》

発行者 樋口尚也

発行所 株式会社 集英社

東京都千代田区一ツ橋2-5-10 〒101-8050

電話 【編集部】03-3230-6095

【読者係】03-3230-6080

【販売部】03-3230-6393(書店専用)

印 刷 中央精版印刷株式会社 株式会社美松堂

製 本 中央精版印刷株式会社

フォーマットデザイン アリヤマデザインストア マークデザイン 居山浩二

ISBN978-4-08-744594-7 C0193